次

登場人物紹介

空洞淵霧瑚《うろぶちきりこ》

大学病院の漢方診療科で働く薬剤師。
現代医療における漢方のあり方に悩んでいたが、
ある日、白銀の髪の少女と出会い、「幽世」へと迷い込む。
そこで流行する「病」を前に、自分のできることを模索し始めるが……。
代々、漢方を家業としてきた一族の出身で、祖父や父も漢方家だった。

御巫綺翠《みかなぎきすい》

幽世の巫女。怪異を祓う能力を有し、
同種の役割を担う人間の中でもその力は極めて強い。
一見、冷たい印象を与えるが、
感情表現が苦手なだけで、実は優しい心根の持ち主。
妹と二人で暮らしている。祖先は金糸雀とともに
「現世（現実世界）」と「幽世」の分離に関わった。

幽世《かくりよ》の薬剤師

狐の嫁入り

PARALLEL UNIVERSE
CHEMIST

プロローグ

「――おや、ご両人。斯様《かよう》なところで奇遇だな」

雑踏の中でもよく響く低い声が耳朶《じだ》を震わせた。

ぼんやりと往来を歩いていた空洞淵霧瑚《うろぶちきりこ》は、驚いて足を止め、振り返る。

その先には、小袖《こそで》の上に女性物の着物を羽織った長身の美丈夫が立っていた。最近知り合った隠神刑部《いぬがみぎょうぶ》だ。気を取り直して空洞淵は笑みを返す。

「こんにちは、刑部様。本当に奇遇ですね。散歩ですか？」

「うむ。今日は一段と晴れやかなのでな。こんな日に屋敷の中に籠《こ》もっていては、逆に具合が悪くなってしまう」

大げさにそう言って、隠神刑部は肩を竦《すく》める。何気ない仕草がとても画《え》になる男だ。凜々《りり》しく整った顔立ちも相まって、道行く女性が皆一度は視線を止めていく。人を魅了する妖術《ようじゅつ》でも使っているのではないかとも訝《いぶか》しんでしまうが、全く素の状態でこれなのだから恐れ入る。空洞淵のすぐ隣に立っている御巫綺翠《みかなぎきすい》も呆《あき》れたように渋面を浮かべている。

「……お願いだから往来であまり目立つことはしないで。騒ぎになったら面倒だわ」

「なるほど、善処しよう」

季節は夏。梅雨の名残を吹き飛ばすように鋭い日差しが降り注いでいる中、あくまで隠神刑部は涼しげな顔をしている。実に優雅である。

気を紛らすように、空洞淵は目を細めて往来を眺める。

長い梅雨が終わり、夏の訪れとともに息を吹き返したように街並みは華やいでいる。軒先に揺れる色とりどりの提灯《ちょうちん》、人目を引くように工夫を凝らした看板、時節柄風鈴や風車も至るところに覗《のぞ》く。

極楽街の目抜き通りは、今日も活気に溢《あふ》れ、大勢の人々で賑《にぎ》わっていた。楽しげに走り回る子どもたち。世間話に花を咲かせる娘たちもいれば、昼間から酒を酌《く》み交わす男たちの姿も見える。皆生き生きと、今を楽しんでいるようだ。

すぐ側に佇《たたず》む水菓子屋台から香る爽《さわ》やかな果実の匂《にお》いに、空洞淵が夏を実感していたちょうどそのとき。

「まあまあ、これはこれは。色男が揃《そろ》い踏みではありませんか。眼福の極みですわ」

また不意に、新たな声を掛けられる。

視線を移すと、そこには日傘を差した妙齢の女性が立っていた。

艶《つや》やかな白い髪。吸い寄せられるような魔性を瞳《ひとみ》に宿したその人物は、名を楠姫《くすひめ》という。彼女と知り合ったのもまたごく最近のことだ。

少々特別な事情があり、あまり大手を振って往来を歩ける立場ではないはずだが
……案の定、綺翠はため息交じりに不満を零《こぼ》す。

「……どうして誰も彼もが、大人しくしていられないのかしら」

「まあまあ、巫女《みこ》様。そう目くじらを立てず。日傘もしておりますから、誰にもばれやしませんわ」

悪びれた様子もなく、相変わらず飄々《ひょうひょう》と楠姫は言う。

「気まぐれに散歩をしていたら、巫女様の逢《あ》い引きだけでなく、懐《なつ》かしい顔まで見掛けるとは……何と幸運なことでございましょう」

「貴女《あなた》は……狐《きつね》の姫か。久しいな。しぶとく生きていたか」隠神刑部は親しげに言った。

「それはお互い様でございますわ、狸《たぬき》の長《おさ》。壮健なご様子で何よりです」

白髪の美女、楠姫もまた楽しげに応じる。

狐と狸。

彼らは、〈幽世《かくりよ》〉でもかなり古い歴史を持つ怪異である。

＊＊＊

現実世界とは異なる位相に存在するもう一つの世界――〈幽世〉。

三百年ほど昔、〈国生みの賢者〉金糸雀《カナリヤ》によって作られた、怪異たちの楽園。

ここでは、人と怪異がお互い干渉しすぎない程度に距離を保ちながら、概《おおむ》ね平和に共存を果たしている。

〈幽世〉には、一つだけ不思議な法則がある。

それは――人の噂が現実になる可能性を秘めている、というものだ。

たとえば、あるところに乱暴者で酒乱の、赤ら顔の男がいるとする。

男は日々狼藉《ろうぜき》を働き、周囲の人々に迷惑を掛けている。当然ろくな噂《うわさ》は立たないわけだが、あるとき何かの切っ掛けで「ひょっとしてあの男は人ではなく鬼なのではないか」という噂が立つ。

鬼――それは、有史以来の長い歴史を持つ最も古い怪異の一つだ。

理不尽な暴力の擬人化として人口に膾炙《かいしゃ》したそれは、今や誰もが知る恐怖の象徴になっている。

曰《いわ》く、頭に角が生え、鋭い牙《きば》を持った大男である、と。酒豪の印象も強い。

だから、人に迷惑ばかりを掛けている男と、古来暴力の象徴だった怪異を重ね合わせるという発想は決して突飛なものではない。

そんな根も葉もない噂が立つことは人の世の常ではあるが……この〈幽世〉は、それが噂だけに留まらない。

男の正体が鬼である、という人々の噂が広まっていき、やがてその認知が一定数を超えたとき、その噂は現実を書き換える。

現実を書き換えられると、男は本人の意思とは関係なく、人々が思い描く鬼になってしまう。頭には、角の一本も生えてくるだろう。

このように人々の噂から現実を書き換えられて誕生する怪異を、この世界では〈感染怪異〉と呼び、〈感染怪異〉に罹《かか》った者は〈鬼人《おにびと》〉と呼ばれる。

〈幽世〉創世のときから存在する、元々怪異として生まれてきたもの、たとえば天狗《てんぐ》や河童《かっぱ》などは〈根源怪異〉と呼ばれ、両者は明確に区別されている。

ひょんなことから、〈幽世〉へやって来た空洞淵霧瑚は、薬処〈伽藍堂《がらんどう》〉の店主代理として働きながら、人と怪異が共存する故《ゆえ》に起こる様々ないざこざに巻き込まれる日々を送っている。

目の前で楽しげに世間話をする二人の怪異を見つめながら思いを馳《は》せる。

狐と狸。

所謂《いわゆる》、狐狸。

梅雨の頃に起こった、彼らにまつわる二つの騒動も、そんな〈幽世〉における日常の一幕であった。

第一話

狸の恩返し

1

梅雨に入って間もなくして、極楽街では厄介な胃腸炎が流行《はや》りつつあった。

激しい下痢に、激しい嘔吐《おうと》。

この時期に流行しがちな胃腸炎としては、カンピロバクターや黄色ブドウ球菌による食中毒が挙げられるが、症状の様子からおそらくノロウィルスの類《たぐい》だろう、とあたりをつける。冬期に症例が増える印象があるが、夏場であっても局地的に流行することはままある。

幸いにしていずれも劇症と呼ぶほどではないが、それでも対応を誤ると死を招く恐れもある。

ただし単純に下痢や嘔吐を止めればいいというものでもない。この手の反応は大抵、体内で増殖したウィルスや細菌を体外へ排出するために起きているので、それを無理矢理止めてしまうと、治りが遅くなるどころか更なる致命的な症状を招くおそれがある。

脈診を終えた空洞淵《うろぶち》霧瑚《きりこ》は、横たわったまま唸《うな》り声を上げる患者の手をそっと布団の中へ戻し、その家族へと向き直った。

「――基本的な対応としては、出るものは出るに任せて、水分補給をこまめに行うこと、そして身体《からだ》を冷やさないようよく温めることの二つです。下痢や嘔吐をくり返すと、陽気を損なうので身体が冷えやすくなりますからね。水分はできれば水ではなくぬるま湯を、そして体液に近づけるために少しだけ食塩を混ぜてください。飲みにくいようであれば、やや冷ましてから柑橘類《かんきつるい》の果汁などを混ぜるのもいいです。飲んでもすぐに吐いてしまって飲めない状態が続くようであれば、急いで知らせてください。別途対応しますので。……と言っても、ただ自然治癒を待つだけというのはさすがにつらいと思います。本日は症状を和らげる薬と陽気を補う薬の二種類をお出ししますので、まずは症状を和らげる薬を一日三回服用し、その後症状が落ち着いて来たら陽気を補う薬に切り替えて服用を続けてください。回復が幾分早くなるはずです」

「先生、何から何までありがとうございます……！」

患者の奥方は、畳に手を突いて深々と頭を下げた。丁寧な所作は育ちのよさを窺《うかが》わせる。患者は比良坂《ひらさか》という極楽街でも有数の商人なので、おそらく奥方もいいところのお嬢様なのだろうと勝手に想像する。

手持ちの生薬で素早く調剤を行ったあと、排泄物《はいせつぶつ》や吐瀉物《としゃぶつ》の処理について説明を終えて空洞淵は屋敷を出る。

空はすでに黄昏時《たそがれどき》のように薄暗い。雨が降ったり止《や》んだりとすっきりしない空模様が朝から続いている。幸いにして今は降っていないが、またいつ降り出すともわからない。

「……今日はもう店仕舞いかな」

一日の疲れを吐き出すように大きく息を吐いてから、空洞淵は職場である薬処、伽《が》藍堂《らんどう》へ向かって歩き出す。

胃腸炎は症状が酷《ひど》いと下痢と嘔吐で家から出られなくなるため、流行してしまったら必然的に往診の依頼が増えてくる。往診それ自体は決して苦ではないものの、その間は伽藍堂が店主不在となってしまうため、他の患者への対応が疎《おろそ》かになるという問題が発生する。

特に自動車などの移動手段がないここ〈幽世《かくりよ》〉では、街中を移動するだけでもかなり余計な時間が掛かってしまう。人力車などを利用する手もあるが、そういうときには往々にして捉《つか》まらないもので、待ち時間などを含めたら結局自分の足で歩くのと大差ないことになる。

伽藍堂は現在、極楽街唯一《ゆいいつ》の公的な医療機関であるため、あまり頻繁に店を閉めているのも都合が悪い。

これは、空洞淵が伽藍堂の店主代理となった当初から懸念《けねん》していた問題であり、常々どうにかしなければという危機感は抱いていたものの、日々の忙しさに追われるあまり一年近く後回しにしてしまっていたことでもある。

さすがにそろそろ何かしらの対策を取らなければ、とは思いつつも具体策は特にない。そもそもこの世界は故《ゆえ》あって、医療というものがほとんど発展していないので、新たな従業員を雇うにしても一から仕込まなければならない。その手間を考えると気後れして、もう少し手が空いたときに……、とここまで先延ばしにしてしまっていたが、いい加減重い腰を上げなければならない。

これでもし空洞淵まで倒れようものならば、極楽街に住む人全員の健康が脅《おびや》かされかねないのだから……。

そんなことを思いながら空洞淵は道を外れて森の中へと踏み入っていく。道なりに進むよりも、こちらのほうが近道なのだ。

神社の巫女《みこ》には、危険だからあまり一人では森へ入っていかないようにと言われているが、このままでは家に辿《たど》り着く頃には日が暮れてしまう。日が暮れてから無闇《むやみ》に歩き回るよりは、明るいうちに歩き慣れた森を突っ切るほうが結果としては安全と判断する。

ほとんど原生林に近い鬱蒼《うっそう》とした森の中を、空洞淵は足下に注意して進んでいく。長雨の影響で泥濘《ぬかる》んでいる箇所もあるため、普段よりも慎重に歩みを進める。泥濘み以外でも木の根などに足を取られる危険もあるが、一番危ないのはやはり狩猟用の罠《わな》だ。下手をすれば大怪我《おおけが》を負いかねない。

だが、この手の罠は注意していれば仕掛けられている場所がすぐにわかるようになっているのでそう恐れる必要もない。特にこの辺りはよく採薬にも訪れているので慣れたものだ。

空洞淵は、気を配りながらも軽快に歩いて行く。

そして、まもなく森を抜けるというところまで来たとき、ふと何かが気になって足を止めた。

ただでさえ雨雲のせいで日の光が乏しい上、枝葉が生い茂っているため、森の中は日中でも基本的に薄暗い。呼吸を静めて、周囲の気配を探る。

しんと静まり返る樹海。虫の声ひとつ聞こえないそこは、まるで海の底のようだ。

いったい何が気になったのだろうか。改めて周囲を見渡したとき――。

ガサリと。茂みが小さく動く。

何かが、いる。

走って逃げ出そうかとも考えたが、敵性の存在であれば襲い掛かってくる隙《すき》などこれまでにいくらでもあったはず。危害を加えるものではないだろうと判断して、空洞淵は茂みを掻《か》き分ける。

その先には――小さな獣が倒れていた。

濃い茶色の毛に覆われた、仔犬《こいぬ》ほどの大きさの獣。顔は犬にも見えるが、少なくとも空洞淵の知っている犬とは様子が異なるし、狼《おおかみ》や狐《きつね》の類でもなさそうだ。

おそらくは、狸《たぬき》の子どもだろう。根拠はなかったが、それ以外にイヌ科の生き物を知らなかったのだから仕方がない。

仔狸は、苦しげにキュウ、キュウと鳴き声を漏らす。それもそのはず、仔狸の細い後ろ足には虎挟《とら》みが噛《か》み付いていた。

赤錆《あかさび》にまみれた金属の狩猟罠には、ぎざぎざとした刃が並んでおり、仔狸の毛皮を食い破って赤黒い血を滴《したた》らせている。

「……そうか」

自分が足を止めたのは、この今にも息絶えそうな狸の鳴き声が聞こえたためか、と納得してため息を零《こぼ》す。

空洞淵は博愛主義者ではない。

生きることは命をいただくことだと考えており、日々、肉も魚も美味《おい》しくいただいている。さすがに今のところ狸は食べたことがないけれども、街には食べる人もいるだろう。

自分が日々食べている肉は、猟師が苦労して狩猟した動物たちであることくらい百も承知だ。だから、罠に掛かった動物を見ても残酷だとか、可哀想《かわいそう》だとか、そういった感情は取り立てて湧《わ》いてこない。

だが、それでも——。

空洞淵は周囲を見回して人の目がないことを確認すると、屈《かが》み込んで仔狸に嚙み付いている虎挟みを外していた。

無論、親切心や同情心などの感情論で動いたわけではない。空洞淵には明確な論理があり、そうすべきであると考えた末の行動だった。

まず、この時間ではもう、猟師は罠の確認に来ない。暗くなってから森を歩くのが自殺行為であることくらい〈幽世〉に住むものであれば誰でも知っている。さらに仔狸の衰弱は激しく、このままでは一刻《とき》も保《も》たないであろうことは火を見るよりも明らかだ。

その場合、仔狸の死骸は翌朝までこの場に放置されることになるが、そうなるところの大きさではまもなく他の動物や昆虫に食い荒らされて、猟師が回収に来る明け方には骨も残っていないことが容易に想像できる。

つまり、この仔狸は人の業《ごう》によって命を落とし、その結果ただ自然に還るだけだ。

もちろん、食物連鎖の上ではそれもまた大切な営みであると理解しているが……何もこの子である必要もないと思った。

だから助ける。

言ってしまえばただの自己満足でしかないが、自分が死ぬ直前にこの日のことを思い出して、やはり助ければよかったと後悔するくらいならばたとえ偽善であっても動くべきだというのが空洞淵の信条だ。

それに、ここまで衰弱していたら仮に罠を外したとしても息絶えてしまう可能性は十分にある。そのときは今度こそこの子の運命だったと諦《あきら》めればいい。

虎挟みは非力な空洞淵でも簡単に外すことができた。長時間挟まれていたであろう仔狸の足の傷を見てみるが、幸いなことに骨は折れていないようだ。だが、刃が食い込んでいた箇所は肉が覗《のぞ》き今も赤い血を滴らせて痛々しい。

竹の水筒に入っていた水で軽く傷口を洗い流してから、空洞淵は念のためにと持っていた一包の薬包紙を取り出す。中には少量の黒い粉が収められている。

王不留行散《おうふるぎょうさん》と呼ばれる漢方薬で、金創――つまり刃物などでできた鋭い傷を治す効果がある。ただし、作るのが大変面倒なため少量でも貴重だ。

空洞淵はその貴重な粉薬を躊躇《ちゅうちょ》なく、足の傷口に振り掛けていく。傷に染《し》みるのか、仔狸はまたキュウと鳴く。

「ちょっと我慢してね」

薬を塗り終えると、患部を清潔な包帯で保護する。歩きにくいだろうが、化膿《かのう》して足が腐り落ちるよりはマシだろう。最後に少量の粉薬を仔狸の舌の裏に塗り込む。この薬は外用だけでなく内服しても効果があるためだ。

それから水筒に残った水を手酌に取り、仔狸の口元へ寄せていく。よろよろと身体を起こした仔狸は、くんくんと鼻を鳴らしてから、ぺちゃぺちゃと水を舐《な》め始める。よほど喉《のど》が渇いていたのか、すごい勢いだ。結局、手酌の中身はあっという間に空になった。

子どもの頃に飼っていた犬を思い出して、空洞淵は少し温かい気持ちになる。

仔狸は空洞淵をまん丸の目で見上げた。何かを訴えるようにその目は潤《うる》んでいる。

食べないで、という懇願か。それともそんな意図などないことはとうに汲《く》み取り、ただ感謝しているのだろうか。

狸語を解さない空洞淵には、生憎《あいにく》と何が言いたいのかわからなかったので、とりあえず微笑《ほほえ》み掛ける。

「――大丈夫だよ。今のうちに家族のところへ戻りな」

空洞淵の言葉を理解しているとも思えなかったが、仔狸は再びキュウと鳴いてから、ふらついた足取りで歩き出す。

途中で何度も仔狸は振り返る。その度に空洞淵は手を振って背中を見送る。

結局仔狸が茂みの奥へ分け入り姿が見えなくなるまで、彼は手を振り続けた。

2

「――というようなことがあってね」

その日の夕食の席で、空洞淵は仔狸の一件を同居人である御巫《みかなぎ》姉妹に語る。

御巫神社の母屋《おもや》の居間。いつものように三人で夕食を囲んでいる中でのちょっとした世間話のつもりだった。

ところが話を聞いていた御巫綺翠《きすい》は、そう、と呟《つぶや》いて食事の手を止めると、箸《はし》を置いて空洞淵を見つめた。

「あのね、空洞淵くん。あなたが優しいことは知っているし、あなたの行動が間違っていたと非難するつもりもないのだけれども……できれば今後、そういったことはなるべく控えてもらえないかしら」

怒っている、というよりは困っているような声色だが、彼女が真剣に空洞淵の身を案じてそう言ってくれていることはよくわかる。

空洞淵も箸を置いて尋ねる。

「何か、理由があるの？」

「結論を先に言ってしまうと……あなたのためにならないから」

綺翠はいつものように淡々と続ける。

「この世界では、動物は怪異化しやすいの。狸なんてその筆頭よ。だから下手に情を掛けると、どんな災いが起こるかわからない」

「災い？」

「そう。よくあるのは、取《と》り憑《つ》かれることね。狸、狐、猫あたりは、特に憑きやすいから、基本的にはあまり関わり合いにならないほうがいいわ」

「取り憑かれたら……どうなるの？」

「色々と普通ではいられなくなるわね。具合が悪くなったり、夜中に起き出して行灯《あんどん》の油を舐めるようになったり……まあ、ろくなモノではないわ。人が変わったように凶暴になってしまうこともある。空洞淵くんだって、自分で自分がわからなくなって私や穂澄《ほずみ》を傷つけるようなことがあったら嫌でしょう？」

「――はい」

空洞淵はそこでようやく、自分の行動が如何《いか》に短絡的であったのかを思い知る。

動物が怪異化しやすい、というのは、〈幽世〉に住む人々が当然のようにそうした認識を持っているためだろう。

ならば当然、怪異化しやすい動物と無闇に関わることは、後にどのような影響があるかわかったものではないので、綺翠の言うとおり自分のためにならない。

「……軽はずみなことをして申し訳ない」

反省して素直に謝る。

綺翠は苦笑して空洞淵の二の腕に触れる。

「謝らなくていいわ。さっきも言ったけど、あなたが優しい人であることは誰よりも知っているつもり。私も、あなたの優しさに救われた一人だもの。だからきっと、その狸も空洞淵くんに今頃感謝をしている頃だわ」

「そうだと、嬉《うれ》しいな」

確かに空洞淵はこの世界の理《ことわり》も無視して軽率なことをしてしまったかもしれないけれども、それはそれとしてあの仔狸を逃がしてやったこと自体に悔いはない。

あの子が無事に逃げ延びてくれたとしたら素直に嬉しい。

「きっと大丈夫だよ！」

様子を窺っていた妹巫女の穂澄が、空洞淵を元気づけるように声を張る。

「お兄ちゃんの優しさはちゃんと相手にも伝わってるって！　もしかしたら、そのうち恩返しにでも来るんじゃないかなっ」

「どうかしらね……狸は大体悪さをする印象しかないけど」綺翠は妹の暢気《のんき》な意見に否定的なようだ。「とにかく、ただでさえ空洞淵くんは怪異に好かれやすいのだから、そのあたりの自覚を持って生活してね」

結局それ以上この話題が続くことはなく、以降はまたいつもどおりの団欒《だんらん》が続いたのだった。

3

「こんにちは。先日森で助けていただいた狸です。恩返しに参りました」

「…………」

気まぐれに狸を助けたあの日から一週間ほどが経過したある日のこと。

今日は朝から妙に、例の胃腸炎に罹った患者の家族が押し寄せて大忙しだったが、不意に訪れた来客の切れ目。

ようやく一段落がついてほっとしていたところで、伽藍堂の戸がそっと叩《たた》かれた。

新たな患者がやって来たのかと戸を開くと――見知らぬ少女が立っていた。

年の頃は、十二、三ほど。穂澄よりやや年下くらいだろうか。質素な浅黄色の小袖《こそで》を着た、まだ子どもと言って差し支えない少女だ。

肌は健康的な小麦色をしており、頭の両脇《りょうわき》で耳のように結われた二つのお団子と意志の強そうな太い眉《まゆ》からは、利発そうな印象を受ける。

この辺りでは見掛けない子どもだが、どこか具合でも悪いのだろうか。

どうしたの？　と空洞淵が声を掛けようとしたまさにそのとき、突然少女はニコニコとした人懐《ひとなつ》こい笑みを浮かべながら、先日の狸であると告白した。

いきなりのことで面食らいながらも、ひとまず空洞淵は少女を伽藍堂の中へ誘《いざな》う。

二人分のお茶を淹《い》れ終えたところでようやく思考の整理がついた。

「ええと……にわかには信じがたいんだけど、きみは本当にあのときの狸なの？」

囲炉裏の前に正座で座る少女に茶を出しながら空洞淵は尋ねる。

ありがとうございます、と湯呑みを受け取り、少女は答える。

「まさしくあのときの狸です。ほら」

足を崩して空洞淵の前に晒《さら》す少女。その左足には、白い包帯が巻かれている。先日の狸が怪我をしていたのと同じ箇所だ。

「まだ完治はしていませんが、先生のおかげでこうして歩き回れるくらいに回復しました。狸の姿で人里を彷徨《うろつ》くことはできないので、今は人の姿に変化《へんげ》しています」

狸といえば、化ける怪異の代表格だ。人の姿になることくらいは朝飯前なのだろう、たぶん。

「とにかくこれもすべて先生のおかげです。命の恩人に何か恩返しをと思い、こうして馳《は》せ参じた次第です。何でもしますので、何なりとご用命ください」

三つ指を突いて丁寧に頭を下げる少女。はきはきとした喋《しゃべ》り方といい、幼げな見た目に反して随分と大人びていて少し戸惑う。それにいきなり何でもすると言われても、空洞淵としては特に用もないので困ってしまう。

「ええと……きみ、名前は？」

「椥《くるみ》と申します」

「じゃあ、椥さん。僕はきみが歩き回れるようになっただけで十分嬉しいから、恩返しとかそういうのは気にしなくていいよ。元気そうな姿を見られたことが、僕にとっては最高の恩返しだから」

「何と無欲な……！」

少女――椥は、驚いたように目を見開く。

「その若さですでに悟りの境地に達しているのですか……？　こういうとき、人間の男は大抵、美女に変化させてあんなことやこんなことをさせるものと聞き及んでいたのに……」

「…………」

狸の界隈《かいわい》では、人間の男の評価がよほど低いのだろうか。一応人間の男の末席を汚《けが》すものとして申し訳ない気持ちになってくる。

「……ちなみにその姿は実年齢どおり？」

「はい、まだまだ若輩の身です。至らぬところも多々ございましょうが、ご寛恕《かんじょ》賜りたく存じます」

「じゃあ、子どもは気なんか遣わなくていいから、外で遊んでおいで」

「いえ、そういう訳には参りません」楜は真顔のままにじり寄ってくる。「せめて何か恩返しをさせてください。どうか、何卒」

「……恩返しってあまり他人に強要するものじゃないと思うんだけど」

空洞淵は頭を掻く。どうやら何か事情があるようだ。

「もしかして、ご両親に何か言われた？　恩返しをするまで帰ってくるなみたいなことを」

図星だったのか、急に楜は申し訳なさそうに身を縮こませて身体を引く。

「……両親は幼少の頃に亡《な》くなりました。今は、刑部《ぎょうぶ》様のところで勉強をさせていただいております」

「刑部様？」

「はい。隠神《いぬがみ》刑部様は、この世界の狸を統《す》べる偉大なお方です。千年という長きを生きておられるため大変博識でいらっしゃいますゆえ、私は医術を教えていただいております」

狸の世界にも医術があるのか。

「あの日、先生に助けていただいたあと、私はどうにか狸の里まで辿り着きました。そして刑部様に事情を説明して、先生に治療していただいたところをお見せしたら、刑部様は大層感心なさって。それで傷が癒《い》えたら、恩返しをしてこいと言いつけられまして……今に至ります」

「……なるほど」

大体の事情は理解できた。空洞淵の治療を見て感心したということは、本当に医術についての心得があるようだ。故あってこの〈幽世〉は、医術が完全に廃《すた》れてしまっているものとばかり思っていたが……その片鱗《へんりん》でもまだこの世界に残っているのであればこれほど嬉しいことはない。

そして、もしこの狸の少女にもその心得があるのだとすれば、是非とも伽藍堂の手伝いをしてもらいたいところではある。今は文字どおり猫の手も借りたいような状況だ。

ただそれとは別に、空洞淵個人としては、できれば子どもにはこんな薄暗い部屋の中で過ごすのではなく、外で元気に遊んでもらいたいという勝手な希望もあった。

成長期に外で適切な量の紫外線を浴びることは骨の成長にとっても重要であるし、

運動をして獲得した体力は、生涯の宝にもなる。空洞淵自身は、成長期にあまり外で運動をしてこなかったものだから、今はすっかり軟弱な大人になってしまった。

だからこそ、子どもには好きに外で走り回っていてもらいたいと思ってしまうのだが……それもまた勝手な理想の押しつけなのだろうか。

僅かな葛藤《かっとう》の後、空洞淵は小さく息を吐く。

「……わかった。それじゃあ一週間だけ、ここで僕の手伝いをしてもらおうかな。それでもう先日の件はチャラだ」

すると楜は大人びた表情に、僅かな年相応の喜色を滲《にじ》ませて、はい、と答えた。

「一週間ですね、お任せください、先生——いえ、師匠！」

状況に流されるまま、何とも可愛《かわい》らしい狸の弟子ができてしまった。

とりあえず新しい患者が来ないうちに、早速楜を仕込んでいくが、驚くべきことに彼女は生薬に関する簡単な知識をすでに持っていた。

刑部様なる怪異に医術を教えてもらっているというのは、どうやら本当のようだ。

しかもそれは、日本漢方に連なる知識であり、空洞淵は〈幽世〉にまだ日本漢方が残っていたことを知り嬉しくて堪《たま》らなかった。

漢方は元々、中国から日本へ伝わってきたものなのだが、日本漢方は中国伝来の漢方が、日本で独自の進化を遂げた特殊な医療なのである。

その後継者がこうして現れたことは、またとない機会だ。

栩の持っていた知識は、残念ながら体系的なものではなかったが、それでも空洞淵は一から丁寧に教えていく。

患者に簡単な漢方の説明をすることはこれまでも多くあったが、漢方を体系的に一から誰かに伝えた経験はなかったので、正しく理解してもらえるだろうかという不安はあったが、栩は驚くほど飲み込みが早かった。

ただ物覚えがいいだけでなく、聞いた説明を自分の中で咀嚼《そしやく》して理解する能力がずば抜けて高い。勘がいい、とでも言おうか。

そのようなわけで、午前の終わりから仕込み始めて、午後はもう生薬の場所も覚えて調剤ができるようになっていた。

空洞淵としては、自分の代わりに調剤をしてくれる人がいるだけでもかなり助かる。

調剤を栩に任せて、空洞淵は患者の診察に当たる。

またありがたいことに、栩の存在は患者たちにも温かく受け入れられた。さすがに彼女が怪異であることまでは伝えていないが、小さな弟子ができたと皆喜んでくれた。

栩の人懐こさは、これまで伽藍堂になかった明るさも提供してくれた。空洞淵には、愛嬌が決定的に欠落しているので、そういう意味でも彼女の存在は大変ありがたい。

樹のおかげで普段よりも調剤時間が短縮できたため、必然的に空き時間が増えた。その隙に空洞淵は色々なことを樹に教えていく。

「最近街で厄介な胃腸炎が流行ってるから、それによく使う薬を予《あらかじ》め作っておいてもらいたいんだけど……大丈夫？」

「問題ありません、師匠」礼儀正しく、弟子は背筋を伸ばして空洞淵を見上げる。

「ちなみに『いちょうえん』とは何でしょうか？」

「ええと……五臓六腑《ごぞうろっぷ》はわかる？」

「心《しん》、肺、肝《かん》、腎《じん》、脾《ひ》の五臓と、胃、小腸、大腸、膀胱《ぼうこう》、胆、三焦《さんしょう》の六腑ですね？」

「そう。その中で六腑の胃、小腸、大腸に掛かってくる病気が胃腸炎だよ。おなかが痛くなったり、吐いたり下したりする。困ったことに、この手の胃腸炎は人から人へうつることが多いから、流行病になりやすいんだ。今、極楽街ではその胃腸炎が流行りつつある。しかも症状の酷いやつが」

一週間まえと比較すると、患者の数は明らかに増え、より症状は激しくなってきているような気もする。もしかしたら、病原体が別のものに置き換わったのかもしれず、予断を許さない状況と言える。

「なんと……人から人へうつるというのは、深刻ですね。しかし、師匠の漢方を飲めばすぐに回復するのですよね？」

「いや、残念ながらそう簡単じゃない。基本的には人が皆持っている自然治癒力に頼る形になるんだけど……それでも多少は症状を和らげられるし、治癒力も少しだけ底上げできるから、治りは早くなることが多いかな」

なるほど、と槲は腕組みをして生真面目《きまじめ》に頷《うなず》く。

「直接的な治療薬ではなかったとしても、治療を助けることには変わりありません。是非私にもその漢方を教えてください」

槲はやる気に満ちあふれている。まるで実習にやってきた薬学生の面倒を見ているようで、張り合いを感じる。

「その人の〈証《しょう》〉を診てみないことには始まらないけど、よく当たるのが黄芩加半夏《おうごんかはんげ》生姜湯《しょうきょうとう》かな。黄芩湯の加減方でもあるんだけど——」

『傷寒雑病論』太陽病脈証併治下に以下のような記述がある。


太陽與少陽合病自下痢者與黄芩湯若嘔者黄芩加半夏生薑湯主之

太陽と少陽の合病《ごうびょう》で下痢する者は黄芩湯を与えて、嘔《おう》する者には黄芩加半夏生姜湯を与えよ、というようなことが記されている。

太陽病は身体の表面に病邪がある状態で、頭痛や悪寒《おかん》などの症状がある。少陽病はもっと深くまで病邪が進行した状態で、口が苦くなったり目眩《めまい》がしたりといった症状が出てくる。

本来病邪は、身体の表面から時間を掛けて身体の内側へ進行していくが、稀《まれ》に複数の深度で病邪が進行していくことがある。それが合病と呼ばれる状態だ。

太陽病と陽明病の合病で下痢する場合は、葛根湯《かっこんとう》などを用いるが、太陽病と少陽病の合病の場合には、少陽病の治療薬である黄芩湯を用いる。少陽病では、汗を掻かせるなどの太陽病の治療法が禁忌であるためだ。

半夏や生姜といった生薬は、嘔気《おうき》がある場合によく用いられる。

実際に、すべての胃腸炎がこの証であるわけではないけれども、今回街で流行っているものは、黄芩加半夏生姜湯が当たることが比較的多い。今のところそれほど劇症ではないが、広まっているということは感染症であることは間違いないはずなので油断はできない。

対症療法しかないとはいえ、この他にも下痢や嘔吐のあとで陽気を補う四逆加人参《しぎゃくかにんじん》湯《とう》など、応用できる処方が多いのが漢方の強みと言える。

「……なるほど。漢方は奥が深いですね」榊は終始興味深そうに唸っている。「では、今教えていただいた処方を中心に作っていけばいいのですね？」

「うん。できればここで働いてもらってる間に色々な処方に触れさせてあげたいけど……今はそちらを優先してくれると嬉しいな」

「お任せください」

榊は意気揚々と予製を開始する。

それからまた患者が断続的にやって来て、空洞淵は対応に追われる。だが、榊のおかげで、普段よりも多くの患者を診察して一日の業務を終えることができた。

やはり一人でも人手があると全然違う。

「いやあ、今日は本当に助かったよ」

空洞淵は一日の疲れを追い出すように伸びをする。榊もまた、さすがに疲労困憊《こんぱい》した様子で、昼間ほど元気なく、いえ、と答える。

「私などさしてお役にも立てず……恥じ入るばかりです。最後のほうは、師匠もお薬を作られていましたし……」

確かに途中から榊の調剤が間に合わなくなってきていたので、空洞淵も調剤に回っていた。一年近くここで仕事をしている空洞淵と来たばかりの楜とでは、仕事の早さに違いがあるのは当然だ。

「楜は十分役に立ってくれたよ」

「そう、でしょうか……？」

「うん。だから是非明日もお願いしたいけど、大丈夫？」

すると楜は大きな瞳《ひとみ》を輝かせて、

「もちろんです！　もっと勉強させてください！」

と元気を取り戻した。真面目故に悩みがちなのかもしれないが、悩むことは決して悪いことではない。悩みすぎない程度に色々考えていってほしいと思う。

「それじゃあ、今日はもう店を閉めるけど……きみの家はこの近くなの？」

楜が虎挟みに掛かっていたのは伽藍堂の近くだったので、住処《すみか》もこの辺りにあるのかと思い尋ねてみるが、彼女はふるふると首を振った。

「いえ、刑部様には恩返しが終わるまで里へ戻ってくるなと言いつけられています。ですからその辺で適当に野宿をする予定です」

「……え、帰る家がないの？」

「ええ、まあ。でも、どうかお気になさらず。狸ですからね。野宿など慣れっこです。

幸い冬も終わって暖かいですから、特に問題はありません」

確かに椈は今の見た目こそただの人間だが、実際には化け狸——つまり怪異なのだ。野宿くらい大したことではないのだろう。

だが、それはそれとして、自分の弟子にした年端《としは》もいかない女の子が野宿をすると聞いて、はいそうですかと素直に受け入れられるほど空洞淵も盆暗《ぼんくら》ではない。

僅かな逡巡《しゅんじゅん》の後、思い切って尋ねる。

「……もしよかったら、うちに来る？」

4

「巫女様、お初にお目に掛かります。先日師匠に助けていただいた狸の椈と申します。今日からしばらくご厄介になります。何とぞよろしくお願い申し上げます」

「…………」

椈を連れて神社へ戻ると、綺翠は何とも言えない複雑な表情を向けてきた。居候《いそうろう》の身の空洞淵が更なる居候を増やそうとしているのだから、家主である綺翠としては心中穏やかではいられないだろう。慌《あわ》てて空洞淵は簡単に事情を説明する。

先日の狸が恩返しに来たこと。医術の基本的な知識を持っていたため期間限定で弟子に取ったこと。恩返しが終わるまで、榭には帰るところがないこと――。

空洞淵の懸命な説明を、綺翠はいつも以上の無表情で聞いていたが、結局最後には深いため息とともに、

「……まあ、そういう事情なのであれば仕方がないわね」

と受け入れてくれた。空洞淵のことを思って色々と厳しく言うことはあるが、何だかんだと綺翠は情が深いのである。

榭は嬉しそうに頭を下げた。

「受け入れていただき恐縮です。巫女様は師匠の奥方様であると聞き及んでおりますので、私にとっても師同然のお方。ご指導ご鞭撻《べんたつ》のほど、お願い申し上げます」

「――あら、いい心がけね」

綺翠は途端、上機嫌になる。おそらく空洞淵と綺翠が結婚しているという部分に反応しているのだと思うが、今この場でその誤りを訂正するほど愚かでもないので、空洞淵は黙っておく。

事実として榭に危険性がないことを理解してもらえれば十分だ。

綺翠への挨拶《あいさつ》を終えたら、今度は穂澄だ。厨《くりや》へ顔を出してみると、穂澄は忙しそう

に夕飯の支度をしていた。

「あ、お兄ちゃんおかえりー。あれ？ その子は？」

いつもの巫女装束の上に、最近街で流行っているというフリルの付いた割烹着《かっぽうぎ》を着た穂澄は、興味深げに首を傾《かし》げる。

「初めまして。狸の楜と申します」

先ほど同様丁寧に挨拶をする楜。空洞淵は穂澄にも事情を説明して、一人分夕飯の用意を増やせないものか頼み込んでみると、この手のことには慣れているのか、あっさり「いいよー」と了承してくれた。さすがはあの姉の妹だけあって、有事の際の対応力には目を見張るものがある。

「家族が増えたみたいで嬉しいなあ。私のことは気軽に、『穂澄お姉ちゃん』って呼んでくれていいからね！」

「はい！ よろしくお願いします、穂澄お姉ちゃん！」

年が近いためか、はたまた穂澄の人柄か。楜は年相応の笑顔を見せる。一瞬で仲よくなる二人を見ているだけで非常に癒やされる。

それからまもなく夕食になる。

楜を加えての席はどうなるものかと気を揉《も》んだが、彼女の生真面目さと誠実さは御巫姉妹にも十分に伝わったようで終始和やかな食事となった。

「こんなに美味しいお食事をいただいたのは初めてです。師匠は毎日このお食事を召し上がっているのですね。羨《うらや》ましいです」

おかずを口へ運ぶ度に、榭は頬を上気させて頻《しき》りに褒めそやす。その度に穂澄は、

「喜んでもらえたならよかったよー。いっぱい食べてね」

と朗らかに応じる。きっと妹のような存在ができて嬉しいのだろう。これまで穂澄はこの家で最年少だったので、どうしても子ども扱いされることが多かったが、こうして自分よりも年下の女の子が現れて、年長者としての自覚が出てきているのかもしれない。

ずっと子どもだと思っていた穂澄の成長を喜ぶと同時に、微《かす》かな寂しさのようなものも感じてしまう。

このまま成長を続けて、いずれ空洞淵たちに恋人を紹介するようになる日が来るのだろうか。そんな日が来たら、空洞淵は泣いてしまうかもしれない――。

勝手なことを考えながら食事の手を進めていたとき、不意に綺翠が、そういえば、と話題を変える。

「今日、出先で奇妙なことを聞いたのだけど」

「奇妙なこと？」

「近頃、街に虎柄の狸が現れるとかなんとか……」

「虎柄の……狸？」

奇妙な噂《うわさ》に空洞淵は眉を顰《ひそ》める。

虎——それは、歴史の中で常に人々の恐怖の対象であった猛獣の一つだ。

元来、日本列島には存在しない動物であり、江戸時代中期の日本を模して作られたこの〈幽世〉にもまた、当然存在しないはずではあるが……その恐ろしさは、伝承として今も尚《なお》語り継がれている。言ってしまえば、〈幽世〉に住む人々にとっては、虎自体が龍《りゅう》や麒麟《きりん》などのような想像上の怪異も同然だ。

だから何かの拍子に、虎が現れる、という噂が立つ可能性は十分に考えられるが……それがあえて虎柄の狸などという意味不明な噂になるのは正直解《げ》せない。

「その狸は……何か悪さをするのかい？」

「それが、その……」綺翠は言いにくそうに箸を置いた。「その虎柄の狸と出会うと、おなかを下して、戻して、戻しちゃうって……」

おなかを下して、戻す——つまり下痢と嘔吐。

それは紛れもなく、今街で流行っている胃腸炎の症状だ。

「じゃあ、もしかして今街で流行ってる胃腸炎は、その虎柄の狸が原因ってこと？」

「具体的なことはまだよくわからないのだけど……ただ、その虎柄の狸に付けられた名前がちょっと気掛かりで」

「なんて名前なの？」

何気なく尋ねる空洞淵だったが、綺翠は至極真剣な表情で答える。

「虎に狼に狸と書いて――〈虎狼狸《コロリ》〉」

「――っ⁉」

思わぬ言葉に、空洞淵は目を剝《む》く。

コロリ――それはかつて日本でも猛威を振るった深刻な感染症、コレラの俗称だ。虎狼痢、あるいは虎列刺《コレラ》とも当て字されるが、本質的にはすべて同一の感染症を指す。

コレラ菌を病原体とする経口感染症で、激しい下痢と嘔吐により速やかに脱水症状を呈し、早いときには発症から数時間のうちに死亡する恐ろしい病だ。

確か十年ほどまえにも〈幽世〉でコレラが大流行し、綺翠と穂澄の両親はそれが原因で命を落としていたはずだ。

もしも再び〈幽世〉でコレラが流行しようとしているのであれば大問題だ。

コレラの最大の問題はその致死率の高さにある。

治療を行わなかった場合の致死率は、最大で八十パーセントにも及ぶ。

さらに、コレラには根本的な治療法が存在せず対症療法のみで対応するしかない。抗生物質により小腸内部で増殖したコレラ菌の数を減らすことができても、産出されたコレラ毒素には影響がないので水分と電解質の放出は止まらず、脱水症状は進行してしまう。

対症療法は、やはり経口補水や輸液などの補液によって脱水症状を抑えることだ。基本的に脱水症状さえ抑えてしまえば、致死率は激減するのだが……残念ながらここは〈現世《うつしよ》〉ではなく〈幽世〉。

抗生剤は使えないし、補液も経口補水のみになるだろう。嘔吐が激しければ口から水分を取り込むことが難しくなってしまうので、可能な限りの最適な治療を行っても致死率はそれなりに高くなってしまうはず。

何より空洞淵自身、コレラの治療など行ったことがないので、漢方による対症療法もどの程度効果があるか未知数だ。

これから〈幽世〉で起こりうる悲劇の予感に背筋が冷たくなるが、それとは別に冷静な自分が疑問を呈する。

現在街で流行っている胃腸炎は、はたしてコレラというほどの劇症だろうか？

コレラの最大の特徴といえば、とにかく水分、電解質の激しい排出が挙げられるが、その中でも米の研ぎ汁様の水様便が重要な鑑別の一つになる。

これは体液が一気に流出するために起こるものなので、コレラ以外の病原体では中々見られない特徴になる。

だが、これまで診察した限りでは、それほどの下痢をしている患者はいないようであるし、実際患者も皆、苦しんではいたが致命的な脱水症状に陥るまで体液を流出してしまっている者はいなかった。

（……だからこそ、ノロウィルスの類だろうと思ってたわけだけど。まさかコレラが流行しつつあるなんて、完全に想定外だ）

『近代衛生学の父』とも呼ばれる、ドイツの衛生学者マックス・ヨーゼフ・フォン・ペッテンコーファーは、コレラ菌をがぶ飲みして激しい下痢に陥ったが、脱水症状にまでは至らなかったと言われている。一説によると、ペッテンコーファーは若い頃に一度コレラに罹《かか》っており、免疫《めんえき》を持っていたために劇症化はしなかったとされているが……そう考えると、〈幽世〉では十年まえにもコレラが大流行していたようであるし、現在の患者の大半が免疫を持っていたために劇症にまでは至っていないとしても筋はとおる……。

考え込む空洞淵だったが、一旦《いったん》思考を保留にして綺翠に向き直る。

「……とにかく、その〈虎狼狸〉という謎《なぞ》の怪異と、街で流行ってる胃腸炎に関係があるのだとしたら放ってはおけない。綺翠さえよければ、また少し一緒に調べてみよう」

「ええ、私もそのつもり」綺翠はいつも以上に真剣な眼差《まなざ》しを向けて言う。「私と穂澄は、父と母をコロリで失っているから、もし本当にコロリがまた流行りつつあるのなら見過ごせないもの」

穂澄もまた不安げな視線を空洞淵へ向けながら静かに頷いた。

「二人の両親のような犠牲者をもうこれ以上出すわけにはいかないからね」

空洞淵は決意を新たにするが……しかしながら、先行きは不安だ。

そもそも調べると言っても、何から手を付ければいいかわからない。吸血鬼騒動のときのように、ひとまず綺翠と共に患者の家を回って情報を集めていくか。

だが、それでは時間が掛かりすぎて犠牲者が出てしまう恐れもある。あのときとの最大の違いは、コレラは致死率も感染力も桁《けた》違いに高いというところにある。

初動を誤ると、今度こそ取り返しの付かないことになりかねない。

迅速に、しかし慎重に。

空洞淵は食事を再開しながら最善策を模索する。

と、そのとき会話には参加せずひたすら美味しそうに食事に没頭している弟子の存在に気づいた。

「ねえ、椥」

「……はい？」

至福の表情で煮物の厚揚げを頬張っていた椥は、不思議そうな顔で空洞淵を見る。

「虎柄の狸って明らかに怪異だと思うけど……何か聞いたことない？」

今は普通の少女にしか見えないが、椥は元々、狸——つまり、化け狸の根源怪異だ。同じ狸の怪異ならば、何かまだ表に出ていない情報を持っていたとしても不思議ではない。

椥は一旦箸《はし》を置くと、難しげに声を硬くして答える。

「残念ながら……何も。私が住んでいるのは狸の郷《さと》ですが、そこに住んでいるのは八百八匹の化け狸だけで、虎柄の狸などという物騒なものはおりません。そもそも化け狸以外の狸の怪異がいるという話も今初めて聞いたくらいです」

確かに、空洞淵もそれなりに妖怪《ようかい》や街談巷説《こうせつ》の類《たぐい》は知っているつもりだが、狸にまつわる怪異で、化け狸以外の話を聞いた経験はほとんどない。

ましてや目撃しただけで特定の症状を誘発する怪異など……先日綺翠が話してくれた所謂《いわゆる》憑きもの筋以外には思い当たらない。だが、話を聞く限り、この一件は明らかに憑きもの筋の類ではなさそうだし……正直訳がわからないというのが本音だ。

梛にも心当たりがないのであれば、やはり地道に情報を集めるしかないのだろうかと見通しが立たずにいると、梛は、あっ、と声を漏らす。

「……刑部様なら、何かご存じかもしれません」

何気ない一言に、綺翠は小首を傾げる。

「刑部様というのは……狸たちの首領の隠神刑部のこと？」

「はい。刑部様は、とても博識なお方ですから、きっとその虎の威を借る狸のこともご存じのはずです」

梛の声からは、隠神刑部への篤《あつ》い信頼が窺《うかが》える。化け狸の中でも最も長生きしているという隠神刑部ならば、同じ狸の怪異として〈虎狼狸〉について何かしらの情報を仕入れていたとしても不思議はない。

「会ってみる価値はありそうだね……ただ」

問題もある。それは、果たして隠神刑部が人間に対して友好的か否《いな》かが、現状では判断できないことだ。幸いにして空洞淵の周りには、人間に友好的な根源怪異が多いが、中には人間を嫌っている怪異だっているだろう。

現に〈国生みの賢者〉の屋敷で執事をしている狼の根源怪異である薊《あざみ》は、空洞淵に対してお世辞にも友好的とは呼べない態度で接してきている。

根源怪異たちが人々から恐れられているのは、それだけの理由があるからだ。ならばやはり、人に害を為《な》す根源怪異もそれなりにいると考えるのが妥当だ。

「ねえ、綺翠。その隠神刑部に会ったことはあるの？」

「いいえ。話に聞いたことがあるくらいで、直接会ったことはないわ。金糸雀《カナリヤ》曰《いわ》く、昔は三大神獣に匹敵するほどの大怪異だったらしいけど」

三大神獣とは、大神の薊、寺に住まうという狐、そして御巫神社の祭神である龍の総称だ。恐ろしく強い力を持った怪異であり、すっかり大人しくなった今もなお、人々から畏怖《いふ》され一目置かれているという。

「ある時を境に、突然隠居してしまったらしくて、それ以来金糸雀もあまり気には留めていなかったようだけど……他の狸たちは、その後も人里に現れては色々と悪さをくり返していたみたいだから、もしかしたらあまり私たちに好意的な種族ではないのかもしれないわ」

「確かに、今回は特例的に恩返しを命じられただけで、普段はあまり人間と関わるなと、刑部様からも言いつけられていますが……」

困ったように視線を彷徨《さまよ》わせる椈。

三大神獣に匹敵するほどの怪異で、かつ人間に対してあまり好意的ではない可能性がある怪異なのであれば……一介の薬師《くすし》でしかない空洞淵は、関わり合いになるべきではないだろう。

だが……、と空洞淵はすぐに覚悟を決めて椈に言う。

「……もしよかったら、刑部様に取り次いでもらえないかな」

「それは構いませんが……本当によろしいので？」

恐る恐るといった様子で、椈は綺翠を窺う。おそらく、どうなるかわからない、という意思を込めた確認なのだろう。

綺翠は神妙な顔で頷いた。

「空洞淵くんが行くというなら、私はそれに従うだけだわ。金糸雀の加護がなくなってしまった以上、人と怪異の間に問題が起きたなら、それはこの世界の住人である私たちで解決していくしかない。なら私は空洞淵くんのために、最善を尽くすだけよ」

これまでこの〈幽世〉という世界は、〈国生みの賢者〉である金糸雀によって守られてきた。だが、故《ゆえ》あって今は、金糸雀一人に任せられなくなってしまった。

空洞淵も綺翠も、その原因の一端を担《にな》ってしまっているので、可能な限り怪異にまつわる問題は自分たちで解決しようという意識を持っている。

もっとも、金糸雀の加護があったときから、すでに空洞淵たちは自分たちで勝手に怪異にまつわるあれこれを解決して回っていたわけなのだけれども……。

いずれにせよ、何か身の回りで問題が起こったら結局首を突っ込まずにはいられない空洞淵なのだった。

5

翌日早朝。

空洞淵と綺翠の二人は、楜に連れられるまま森の奥深くを歩いていた。

ここまで来るとさすがに猟師も足を踏み入れないため、足下の罠《わな》に気を配る必要はなくなってくるが、どこから何が襲ってくるかわからないという別の不安に駆られてしまう。

幸いにして雨はまだ降っていないが、朝から分厚く垂れ込めた雨雲の影響で、周囲は逢魔《おうま》が時にも似た薄暗闇《うすくらやみ》に覆《おお》われていた。空気も妙に湿って冷たい。先ほどから、鳥か獣かもわからない聞き慣れない声も響いており恐怖を煽《あお》る。

突然背後から得体の知れない怪物に嚙《か》み付かれたとしても、何も不自然ではない。

「空洞淵くん、私の側を離れないでね」

すぐ隣で綺翠が囁《ささや》く。綺翠はいつものように落ち着いた足取りで歩みを進めている。その普段どおりの様子を見て、空洞淵は少しだけ安心する。もしかしたら〈幽世〉へやって来てから色々なことがありすぎたせいで、過敏になっているのかもしれない。

慢心しない程度に気を緩めて、空洞淵は道なき道を進んでいく。

ちなみに森へ入るまえに少しだけ目抜き通りのほうにも顔を出してみたが、すでに〈虎狼狸〉に関する噂は人々の間で広まっているようで、皆コロリの再来に不安を覚えていることがわかった。日に日に患者の数は増え、症状も激しくなっているし、あまりのんびりと構えていられる状況でもなくなってきた。

やがて、鬱蒼《うっそう》と生い茂っていた木々が突然開けた。梻はくるりと振り返る。

「師匠、綺翠様、長い道のりをお疲れさまです。ここが我ら狸《たぬき》の暮らす里——信楽郷《しがらきごう》です」

信楽郷——その名のとおり里の入口と思《おぼ》しき場所には、空洞淵の身の丈ほどもある大きな信楽焼きの狸の置物が鎮座している。

その何とも言えない愛らしい顔を見ていると自然と緊張が解けて、思わず笑みを零《こぼ》してしまう。

「森の中にこんな集落があったなんて知らなかったわ」

感嘆の声を上げる綺翠。楜は誇らしげに答える。

「元々この森では、狸たちが好き勝手に住処を作って暮らしていたのですが、争いが絶えなかったので、百年ほどまえに刑部様がここにみんなで住める集落をお作りになったのです。その折に、金糸雀様がこの立派な狸の像を贈ってくださったのだとか」

百年とは随分と歴史のある集落のようだ。ただの人間である空洞淵とは、時間に対する尺度が違う。

「では、早速刑部様の元へ参りましょう」

楜に連れられるまま、集落の中へと入っていく。

中では当然あちらこちらで狸たちが生活しているわけだけれども……どうにも空洞淵は落ち着かない。

それもそのはず。狸たちは、動物の姿でも人の姿でもなく、信楽焼きの狸のような――所謂デフォルメされた姿、かつ二足歩行で動き回っているのだ。

ある者は畑の雑草を抜き、またある者はたらいに溜《た》めた水で器用に手を使って洗濯までしている。子どもの頃、一度だけ見たことのある古いアニメ映画を思い出す。

急にアニメーションの世界にでも迷い込んだのかと錯覚するような光景に目眩を覚える。可愛らしいといえば可愛らしいのかもしれないけれども、正直なかなかに不気味だ。

空洞淵の隣を歩く綺翠も、何とも言えない複雑そうな表情で周囲を見回している。

「……何故《なぜ》みんな中途半端《はんぱ》な変化《へんげ》をしているの？」

「あの姿が一番楽なのです」歩きながら榊は答える。「化け狸は皆、変化に長《た》けているると人から思われているようですが、実は私のように上手《うま》く人に化けられる者はそう多くありません。しかし、こうして人と同じような集落を作って共同生活を送る上では、やはり人のような二足歩行で、両手を自由に使える姿であるほうが、何かと都合がよいということで、刑部様に推奨されたのがあの姿です。あれならば、皆見慣れているので変化も容易ですから」

確かに、目立つところに鎮座している信楽焼きの狸は、よい参考になるだろう。変化が苦手な狸でも、あの姿ならば変化ができるというのも納得だ。

「また日常的に変化の術を用いることで、変化の修行にもなっているのです。ちなみに私も普段はみんなに合わせています」

そう言って立ち止まると、椈はポンと小さな破裂音を発し、どこからともなく発生した濃い煙に包まれる。一度、完全に姿が見えなくなった後、すぐに霧散していく煙の中から現れたのは、身の丈五十センチほどの何とも愛らしい二足歩行の狸だった。

すっかり人間の姿を見慣れてしまっていたので、目の前で変化の様子を見せられ、椈が怪異であることを再認識する。

「それでは刑部様の元へ参りましょう」

興味深そうに向けられる周囲の狸たちからの視線を振り切って、空洞淵たちは集落の奥へと進んでいく。

やがて奥に茅葺《かやぶ》き屋根の屋敷が見えてくる。賢者の屋敷のような荘厳《そうごん》さはないが、温かみと日常感に溢れる素敵な邸宅だ。大きさは、御巫姉妹の住む神社の母屋《おもや》ほどだろうか。無駄に広くも華美でもなく、一庶民である空洞淵としては大変落ち着く。

屋敷の前で掃き掃除をしていた狸は、椈の姿を見て驚いたような声を上げた。

「おい、椈。なんで戻ってきたんだ。刑部様から、恩返しを終えるまで戻ってくるなと言われていただろう」

高齢の男性を思わせる、嗄《しわが》れた声。非難するというよりは、困惑している様子だ。

「刑部様にご用ができたので戻ってきたのです」

榭は答えてから、空洞淵たち、狸の双方へ向けて言う。

「師匠、綺翠様、こちらは刑部様にお仕えして二百年を超える長老の千葉《せんよう》様です。私の祖父みたいな方です。千葉様、こちらは私の命の恩人の空洞淵先生とその奥方様である綺翠様です」

「なんと……！」

狸──千葉は箒《ほうき》を動かす手を止めて、つぶらな瞳を空洞淵たちへ向けた。

「榭を助けていただいてありがとうございます。何とお礼を申し上げればよいやら……」

そのまま地面にひれ伏しそうになるのを空洞淵は慌てて止める。

「どうかお気になさらず。僕が望んでやったことですから。それよりも、突然押し掛けてしまって申し訳ありません。隠神刑部様がいらっしゃるようでしたらお取り次ぎいただきたいのですが……」

「刑部様でしたら、今は縁側でのんびりしておられます。どうぞこちらへ」

箒を引き戸の近くに立て掛け、千葉は空洞淵たちを屋敷の中へと案内する。狸用に作られているのか、お世辞にも広いとは言えない廊下を進み、晴れていれば日当たりがよいであろう南側へと折れると、その先に彼はいた。

脇息《きょうそく》に肘《ひじ》を預けて縁側に座っている人物を一目見たとき、空洞淵は思わず息を呑《の》んだ。

長く艶《つや》やかな黒髪に目が覚めるような美貌《びぼう》。はだけた小袖の胸元からは、あまりにも艶《なま》めかしい胸筋が覗《のぞ》いており、同性とわかっていながらも目のやり場に困ってしまう。

身なりも派手で、着崩した深緑色の小袖の上に、女性物の鮮やかな花柄の着物を外套《がいとう》のように羽織っていた。所謂、傾奇者《かぶきもの》と呼ばれる類の装《よそお》いなのだろうが、均整の取れた顔立ちも相まって恐ろしいほどによく似合っている。

何とも華のある男性だ。

縁側であぐらを掻《か》いて、長い煙管《きせる》から煙を燻《くゆ》らせていたその人物は、足音で空洞淵たちの存在に気づいたのか、首だけを動かして仰ぐように来客を見やった。

「――おや、こんな奥地まで人間のお客人とは珍しい。この隠神刑部に何かご用か」

よく響く低い声。深い知性と慈愛を思わせながら、それでいてどこか色気もある。

隠神刑部は、千年以上を生きる化け狸と聞いていたので、勝手に老人であると想像していたが、まさかこれほど若々しい白皙《はくせき》の美丈夫とは……。

だが、冷静になって考えてみれば、金糸雀や神社に住み着いた鬼の槐《えんじゅ》なども、何百年と生きていながら外見は年端もいかない少女に過ぎない。それを思えば、年齢と外見が一致しない怪異など殊更《ことさら》珍しくもない。

もっとも、それにしてもこの美貌は予想外だ。普段感情を表に出すことの少ない綺翠でさえ、呆気《あっけ》にとられて言葉を失っているほどなのだからよほど例外的な存在なのだろう。ただ縁側に座っているだけなのに、とても画《え》になる。

気を取り直して空洞淵は応じる。

「……突然お邪魔して申し訳ありません。僕は、極楽街で薬師をしている空洞淵霧瑚といいます。こちらは御巫神社の巫女、御巫綺翠です。この度は隠神刑部様に伺いたいことがあって参りました」

「そうか、貴殿が――」

隠神刑部は、興味深そうに目を丸くしてから立ち上がる。身の丈は、六尺を超える長身。一九〇センチメートルほどはあるだろう。近づかれると仰ぐように見上げてしまう。

「榭の命の恩人とあらば、喜んで伺おうか。ひとまず客間へ参ろう。千葉、茶の支度を」

「はっ、ただ今」

主人の命を受けた千葉は、小走りに廊下の奥へ消えていく。空洞淵たちは隠神刑部に連れられて客間へ移動する。

「――時に空洞淵殿。ひょっとして榭の怪我《けが》の治療に使ってくださった黒い粉薬は、王不留行散ではないか？」

厚手の座布団《ざぶとん》に胡座《あぐら》をかくや否や、隠神刑部は尋ねてくる。空洞淵は頷いた。

「はい。僕の判断で使わせてもらいました。刑部様は、あの薬をご存じなのですか？」

「――昔、ちょっとした怪我をした際、世話になったことがあってな」煙管をふかしながら隠神刑部は目を細めた。「それで少し興味が湧《わ》いたものだから、色々調べて薬師の真似事《まねごと》などやってみたが……我流では中々どうして難しいものだ」

当時はまだ医学書などの資料が残っていたようだ。医療が途絶えて久しい今の〈幽世〉では、不幸にも資料のほとんどが散失してしまった。

「榭が身につけていた医術の基礎知識は、紛れもなく日本漢方の流れを汲《く》むものでした。刑部様が独学でこれほどまでに詳細な漢方の知識を身につけたのであれば、驚嘆というほかありません」

「そう、か」

隠神刑部は少しだけ満足げに口元を歪《ゆが》めてから、傍らにちょこんと座る榭の頭に手を置いた。

「榭は中々に見所のあるやつだ。しばしの間で構わない、どうか漢方のいろはを仕込んでやってほしい」

「僕としても優秀な弟子ができて助かっています」

隠神刑部は、続けて綺翠へと視線を移す。

「巫女殿《みこ》にお目に掛かるのもこれが初めてになるか。先代には一度お目通り致したが……。改めて、今代の〈幽世〉の守護、謹んで御礼申し上げる」

「あなたが気にすることではないわ」口では素っ気なく言いながらも、綺翠はどこか嬉《うれ》しそうだ。「母のことを知っているの？」

「うむ」

過去を懐《なつ》かしむように、隠神刑部は紫煙を吐く。

「強く、気品に溢《あふ》れ、そして何よりとても美しかった。この御仁が〈幽世〉を守護するのであれば、しばらくは安泰であろうと、小生も喜んでいたが……。まさかあれほど若い身空で命を落とすことになるとは思ってもおらず、話を伺ったときは世の無常を嘆いたよ。巫女殿も苦労なさったであろうに……改めて、今日《こんにち》まで〈幽世〉をお守りいただいたこと、篤く感謝申し上げる」

労《ねぎら》うような優しい声。綺翠はええ、と素直に答えた。

「母の死を悼《いた》んでくれてありがとう。でも、私は今、空洞淵くんと一緒に幸せに暮らしているから大丈夫よ」

「それは重畳」

満足げに、穏やかな笑みを浮かべる隠神刑部。口ぶりから察するにおそらくずっと彼なりに綺翠のことを気に掛けていたのだろう。

人間に害意を持った怪異ではなさそうで、空洞淵も胸をなで下ろす。ちなみに綺翠は、相手がどれだけ長い歴史を持った偉大な根源怪異であったとしても、謙《へりくだ》ることなく対等の存在として接する。おそらく〈幽世〉を守る者の務めなのだろう。綺翠自身は、決して尊大なわけではなく、むしろ誰に対しても優しい真面目な性格をしているのだけれども……このあたり、何かと怖がられ誤解されやすい原因にもなっており、空洞淵としては少し気を揉んでいるところだった。

ちょうど千葉がお茶を運んで来る。熱いお茶で喉《のど》を潤《うるお》してから、梛は隠神刑部に現在極楽街で起こっている騒動を簡潔に説明した。

事情を聞き終えた隠神刑部は、不愉快そうな顔でなるほど、と呟《つぶや》く。

「……同胞の仕業なのだとしたら捨て置けんな」

低い声で怒りを滲ませる隠神刑部だったが、次いで、だが――、と続ける。

「生憎《あいにく》と小生もそのような珍妙な姿をした狸のことは初めて聞いた。わかることといえば、少なくともこの里にはいないことくらいだ」

「そう、ですか……」

期待していた答えを得られず、肩を落とす空洞淵。

「考えられる可能性は二つ」

隠神刑部は、人差し指と中指を立てて示す。

「一つは、コロリの再流行によって人々が過去の悲劇を思い出し、新たな感染怪異を生み出した場合」

それは空洞淵も同じことを考えていた。

十年まえに猛威を振るったコレラに似た病が再び流行《はや》り始めたことで、当時の惨状を知る人々が恐怖心から様々な憶測を立てた。そして噂が噂を呼んだ結果、新たな怪異〈虎狼狸〉が生み出されてしまった可能性は十分にある。

「そして二つめは……不埒《ふらち》な輩《やから》による悪戯《いたずら》である場合だ」

「悪戯、ですか」

意外な言葉に空洞淵はおうむ返しをする。

「貴殿らもご存じのとおり、我ら狸は……他者を困らせて楽しむという少々悪趣味なところがある」

「……そうなの？」

隣の綺翠に確認を取ると、綺翠は神妙な顔で頷いた。

「変化の能力を使って、よく人に悪戯するのよ。のっぺらぼうとか、聞いたことない？」

のっぺらぼう――顔に目と鼻と口のない妖怪のことだ。小泉八雲の『怪談』にも登場するあまりにも有名な怪異。作中では、その妖怪は貉《むじな》――つまり狸が化けていたものだったとされる。

古来、狸が何かに化けて人間をからかう話は枚挙に暇《いとま》がないが、それは〈幽世〉でも同様のようだ。

「つまり、コロリに似た胃腸炎の流行を知った狸が、悪戯のためにその名前をもじった虎柄《とらがら》の狸に変化して人々の前に現れている、と？」

「うむ。あるいはその本体は、狸ですらないかもしれない。狐《きつね》や猫など、他にも変化の術を使う怪異は多くいるのでな」

確かに、虎柄の狸、という部分に着目しすぎていたが、変化しているのであれば、元が狸である必要もない。

「……悪戯だとしたら度が過ぎているわね」

腕組みをして綺翠は呟く。空洞淵も同意見だ。

「どちらの場合であったとしても、このまますみす看過などできない。早急にこの怪異を祓《はら》う必要があるだろうな」

「祓ってしまって……よろしいのですか？」

仮に、正体が狸であったならば、同族を斬《き》り捨てることになるが……。確認のために尋ねると、白皙の青年は力強く頷いた。

「許可しよう。それが狸であるならば速やかな仕置きが必要であるし、仮にそうでなかったとしても、この〈幽世〉に棲《す》まう者として混乱を招く種を放ってはおけまい」

隠神刑部の言うことは至極もっともだと思ったが、何となく違和感のようなものもある。

綺翠の身を案じてくれていたことから察するに、この隠神刑部という根源怪異はかなりの人格者であるはずだ。ならばこれが狸の悪戯であった場合、仕置きのまえにまずは叱《しか》り、諭すことを選びそうな気がする。

にもかかわらず、祓うという選択肢しか視野に入れていないような言動……。まるで〈虎狼狸〉の正体を知っていて、早く祓われることを望んでいるようにも見える。

考えすぎとも思ったが、念のため空洞淵は頭の片隅に留めておくことにした。

その後空洞淵たちは、隠神刑部の屋敷を辞して、街まで戻る。

〈虎狼狸〉に関する新たな情報は得られなかったが、祓う許可をもらえたことは大きい。これによりこちらの判断で祓ってしまっても、それが隠神刑部の怒りに触れることを心配する必要はなくなったと言える。

相手は、三大神獣に匹敵する強大な怪異。良好な関係を築いておくに越したことはない。

街についてから、それぞれの仕事に戻るため空洞淵は綺翠と一旦別れる。午前中にお互いの仕事を片付け、午後になったら再び待ち合わせて共に往診へ向かう予定だ。

ちなみに槲はとうに人間の姿に戻っている。こうして目の前で何度も変化を見せられると見事なものだと感心するほかない。

普段よりも少し遅めに伽藍堂へ顔を出すと、早くも患者が数名、店が開くのを待ち構えていた。今日も忙しそうな気配。

空洞淵と榯は、慌てて仕事に取り掛かった。

6

午後から往診に行くことを周知していたため、午前中に患者が集中してしまった。そのため怒濤《どとう》とも言える午前の診療を終えられたのは、すでに日が天頂を越えてしばらく経《た》った頃だった。

これでもかなり頑張ったほうで、榯の手伝いがなければ夕方近くまで掛かっていただろう。訪れる患者の大半は、胃腸炎を患《わずら》ってしまった者の家族で、どうにかこの時間に店を閉めることができたのも、昨日のうちに榯に予製しておいてもらったおかげと言える。

榯に感謝の言葉を述べながら、空洞淵と榯は小雨の中、綺翠との待ち合わせをしているいつもの茶屋まで走る。

陽気はすでに初夏の勢いで、さらに湿度も高く蒸し暑い。少し身体《からだ》を動かしただけでも軽く汗ばんでくる。元が狸である榯は屋外での活動に慣れているためか、涼しい顔をしている。息一つ切れていない。

空洞淵が〈幽世〉へやって来てからそろそろ丸一年が経とうとしており、自分ではそれなりにこの新しい世界にも順応してきているつもりではあったが、実際にはまだまだのようだ。

どうにか目的地へ到着する。すでに昼食時を過ぎているためか、店内はそれほど混み合っていない。顔見知りの女将《おかみ》さんに挨拶をしてから、綺翠が待っている奥の席へ向かう。

「待たせてごめん。中々店が閉められなくて」

開口一番に謝罪をするが、綺翠は特別怒っているというふうでもなく、

「気にしないで。私ものんびりお茶を飲んで休んでいたところだから」

と答える。普段無表情であることが多く、それゆえに恐れられがちな綺翠であるが、他者に対する理解は深く、思いのほか大らかなのである。

お気に入りの鯛《たい》茶漬けを三人分注文し、それを待つ間、今後の方針について簡単に話し合う。

「ひとまず、今街で流行っている胃腸炎が、感染怪異か否かを判断する必要があるね」

「状況としては、以前の吸血鬼騒動のときと似たような感じかしら?」

吸血鬼騒動――ちょうど一年ほどまえ、極楽街に吸血鬼の感染怪異が大流行した。そのときも空洞淵と綺翠は、こうして一緒に患者の家を回ったのだった。

「うん。でも、今のところある程度は薬で対応できているから、あのときほど緊急性は高くないはずだよ。仮に感染怪異であったとしても、無理に祓う必要はないと思う」

「それは……私としても正直助かるわ」綺翠は安堵《あんど》の息を吐く。「あのときはそうするしか方法がなかったけど、やっぱり得体の知れない感染怪異を祓うのは怖いもの」

あらゆる怪異を祓うことができる〈破鬼の巫女〉の綺翠だが、出所不明の感染怪異を祓う場合には、祓うことで感染者に何らかの悪影響が出るおそれがあるため、細心の注意を払わなければならないらしい。

空洞淵の薬で症状が和らぐこともわかっているし、危険を冒してまで祓うことはないだろう。

「……師匠。私には今この街で何が起きているのかよくわかっていないのですが……仮に流行病が感染怪異であった場合、いったいどういうことになるのでしょう？」

確かに今回の件は少し事情が込み入っていてわかりにくいかもしれない。空洞淵は頭の中で整理しながら、楜に説明する。

「とにかく、まず先行していたのは胃腸炎だ。これは一つの事実として考えていいと思う。そして胃腸炎が少しずつ広まっていって、その中で〈虎狼狸〉の噂が囁かれ始めた。ここで問題になってくるのは、初期の段階で〈虎狼狸〉には実体があったのか否かということだ」

　空洞淵の言葉を受けて、楜は頷《うなず》く。

「最初から〈虎狼狸〉に実体があったのならば、それは感染怪異ではなく、何らかの怪異がそれに化けているだけ、ということになります」

「そう。そしてその場合、〈虎狼狸〉に会うとおなかを下して、戻す、という噂は、後から生まれたことになる」

　状況としては、先の吸血鬼騒動の場合に近い。あのときも〈始まりの吸血鬼〉という実体がまずあり、その後で吸血鬼に関する噂が広まっていった。

「つまり……〈虎狼狸〉と胃腸炎は、元来無関係ということですね？」

「そうだね。だが結果として、両者は人々の認知によって結びつけられた。そして認知の数が閾値《いきち》を超え、今度は現実と噂の主従関係が逆転して、〈虎狼狸〉に会うことで胃腸炎を発症するようになってしまった、という流れだ」

　このあたりの関係性としては、神籠《かみごも》村の一件に近いかもしれない。あのときは〈毎年一人だけ、選ばれた花嫁が神の子を孕《はら》む〉という認知が先行した結果、現実がそのように書き換えられた。

「では、今度は逆に初期の段階で〈虎狼狸〉には実体がなかったとしよう。その場合、〈虎狼狸〉の噂は、過去に本物のコロリを経験した人々が、コロリ再流行の兆しに恐怖を覚え、その原因を未知なる怪異に求めたために生み出されたことになる。やがてその噂が広まり、認知の数が閾値を超え、感染怪異として〈虎狼狸〉は実体化した」

「なるほど。つまり、〈虎狼狸〉そのものが感染怪異というわけですね」

合点がいったというように椥は手を打った。

「でも、その場合、今流行っている胃腸炎のほうも、噂に引っ張られた感染怪異になっているはずよね？」

確認するように割って入る綺翠。空洞淵は頷く。

「うん。発生の過程に違いこそあれ、実は今話した二つは、状況的にあまり違いがない。問題なのは〈虎狼狸〉それ自体ではなく、流行している胃腸炎のほうだからね。個々に祓っていっても治るかもしれないけど、噂の大元である〈虎狼狸〉を祓ってしまえば、流行っている症状も一緒に祓われて、問題は一気に解決するはずだ」

隠神刑部がとにかく〈虎狼狸〉を祓うことを優先したのも、このあたりが理由だろうとは思う。

「ただ、一つだけ懸念《けねん》があってね。それが、今街で流行っている症状が感染怪異でなく、また〈虎狼狸〉もまだ実体化していない場合だ」

空洞淵は三つめの可能性を語る。

「言い換えるなら、変化する怪異の悪戯でもなく、ただ単に妙な噂が広がっているだけの段階、ということになる。現在進行形で感染怪異が生み出されようとしているところ、とも取れるかな」

隠神刑部の話を聞いて、彼の言動に疑問を抱いたのも、彼がこの可能性について全く考慮していなかったためだ。

虎柄の狸を見た、という噂話が流れていたとしても、必ずしもそれを目撃した人間が存在するとは限らない。

にもかかわらず、隠神刑部は当然のように〈虎狼狸〉が実在するものとして話を進めていた——。

もちろん、そもそもこの可能性に思い至っていなかったということは十分に考えられるけれども……隠神刑部ほど聡明《そうめい》な怪異が、本当に気づいていないのだろうか、という疑問は残る。

「この場合、現状ではやれることが少ない。一人ずつ僕が薬で治療していくしかなくなるわけで……。だから、薬師の僕がこんなことを言うのは不謹慎かもしれないけど……正直、怪異としての〈虎狼狸〉に存在していてもらいたいくらいだよ。何より、この状態が長引けば、いずれ胃腸炎がコロリに書き換えられ死者も出てくるかもしれないし、これ以上感染症が拡大してしまったら手に負えなくなる」

「――中々ままならないわね」

空洞淵の心中を察するように綺翠は呟いた。綺翠としても、過去に両親をコレラで失ってしまっているので、できれば今流行っているコレラ様の胃腸炎で死者が出ないでほしいと思っているのだろう。

普段は問題ばかりを起こす感染怪異だが、それによって救われる命もある――。

人と怪異が共存する社会の何と複雑なことか。

ちょうどそのとき茶漬けが運ばれてきたので、いったんこの話題は切り上げられた。

箸を進める途中で、空洞淵はふと気になったことを尋ねてみる。

「そういえば、椒は化け狸の根源怪異なんだよね？」

「はい、そうです」

器用に箸を操りながら元気よく答える椒。

「今は何歳？」

「十四です」

「年の取り方は人間と一緒？」

「はい。何か変でしょうか？」

　不思議そうに首を傾《かし》げる。

「変というわけじゃないんだけど、僕がこれまで会ってきた根源怪異はみんな、〈幽世〉が生まれるまえから存在していた長生きの怪異ばかりだったから……自分より年下の根源怪異に少し違和感があってね」

　そこで綺翠が、しまった、というふうに目を大きくした。

「――そういえば、空洞淵くんが〈幽世〉へ来たばかりの頃、この世界の仕組みを理解しやすいように、〈現世〉で生まれたものが根源怪異で、〈幽世〉で根源怪異が新たに生まれることはない、と説明してしまったわね。ごめんなさい、これはその例外なの」

「琵《び》国《くに》村で話してくれた、根源怪異も子どもを産むことがある、って話だよね。つまり、化け狸も子どもを産んで増えていく類の根源怪異だから、〈幽世〉の創世後も、新たに根源怪異として誕生できる、と」

空洞淵の確認に綺翠は頷いた。

ずっと気になっていたところだったので解決できてよかった。

感染怪異や根源怪異は、この世界では当たり前の現象になってしまっているけれども、当たり前だからといってそれが十全に理解されているかというとそうでもない。

知らないこと、わからないことはその都度確認を取っているが、稀《まれ》に綺翠でもよくわかっていないことがある。おそらく、完全にこの世界の理《ことわり》を理解しているのは、金糸雀と月詠《つくよみ》の二人くらいだろう。

そもそも噂《うわさ》の伝播《でんぱ》によって現実を書き換えるという〈伝奇ミーム〉なるものも、一応受け入れてはいるものの、理解にはほど遠い。

その本質は不可視の情報因子であり、かつては〈現世〉に存在したもののようだが……それが現実を書き換えるというのは、やはりあまりにも非常識だ。

あるいはこの先、そんな世界の根源の謎にも手を伸ばす日が来るのだろうか――。

ふと余計な思考が脳裏を掠《かす》め、空洞淵は慌《あわ》てて頭を振り思考を保留にする。

今考えたところで意味もない。

とにかくまずは、〈虎狼狸〉の解決に全力を尽くそう。

決意を改めて、空洞淵は少しだけ冷めてしまった茶漬けを啜《すす》った。

7

　まず空洞淵たちが往診に向かったのは、先日も顔を出した商人、比良坂の屋敷だった。主人である比良坂はすっかり回復したようだったが、不幸にも使用人の男性が同じ症状に陥ってしまったようだ。

　少なくとも主人が発症していた一週間まえには、〈虎狼狸〉の噂はなかったはずなので、普通に考えれば主人の症状、つまりただの胃腸炎が使用人にも感染したとするのが妥当だが……。

　離れに隔離されていた病人を一目見た瞬間、

「——感染怪異ね」

　と綺翠は空洞淵にだけ聞こえる声で囁いた。

　感染怪異——つまり、噂どおり〈虎狼狸〉を見ることでコレラの症状を発症するに至ったことになる。

　ということは、おそらくもう今極楽街で流行っている胃腸炎はほぼすべてが〈虎狼狸〉に置き換わってしまっていると考えてよいだろう。唯一の救いは、感染怪異なのであれば、本来のコレラの感染経路である飛沫《ひまつ》などについては考慮する必要がなさそうなことくらいか。

思考をまとめながら、ひとまず空洞淵は榭を隣に座らせて診察を始める。

「伽藍堂の空洞淵です。身体の状態を診させていただきます。また後学のため弟子も同席させますことをご了承ください」

「……はい、大丈夫です。先生、よろしく……お願いします」

今にも消え入りそうな声で患者は答えた。随分と弱ってしまっているが、見たところ体力が落ちているだけで致命的なほど体液を排出しているわけではなさそうだ。

これならばまだ、当初の予定どおり無理に綺翠に祓ってもらわずとも、空洞淵の薬だけで十分対応できる。

脈を取る。遅く、細く、沈んでいる。陽気の消耗が激しく、冷えが強い。力もなく軽い脱水症状になっていそうだ。だが、それほど重篤《じゅうとく》ではないのは、おそらく以前主人のために伝えた対処法を、使用人のときにも実践してくれているためだろう。

やはり対応としては、こまめな水分摂取が最適解だ。

空洞淵は、隣で興味深そうに診察を診ている榭に、脈状の簡単な分類と実践について説明してやる。初めての実地であることも手伝ってか、彼女は緊張した声色で、はい、とだけ答える。

脈診を終えると、今度は状態について患者から話を聞いていく。

症状が出始めたのは昨日の夜からで、下痢と嘔吐《おうと》をくり返して眠ることもできなかったと涙ながらに患者は語る。やはり症状は以前と比べて激しくなっているようだ。

空洞淵も過去に二度ほどノロウィルスに罹り同じような症状に苦しんだことがあるが、下痢と嘔吐をくり返すのは、体力的にも精神的にも本当につらい。

幸い空洞淵には医療の知識があったので、我慢していればいずれ峠を越えられると知っていたが、知識のない一般の人であれば死をも想起するほどの苦しみのはずだ。

我がことのように患者を励ましながら、聞き取りを続ける。

「ちなみにここ数日の間に、虎柄の狸を見ませんでしたか？」

「……はい。一昨日の夜に見ました」患者は涙を浮かべて答える。

「狸を見たら……コロリになるって、噂を聞いて……先生、私はこのまま死ぬのでしょうか……？」

「適切な処置を行えば必ず助かりますのでどうか安心してください」冷え切った患者の手を強く握り、空洞淵は続ける。「こちらのご主人も同じ症状で苦しんでいましたが、今ではすっかり快復されたでしょう？　だから大丈夫です。薬をお出ししておきますから、飲めば少しは楽になるはずです。こまめな水分補給も頑張って続けてくださいね。吐き気はまもなく収まるでしょうから、消化にいい温かいものを少しずつ摂《と》っていってください」

「先生……ありがとうございます……ありがとう、ございます……！」

力なく手を握り返しながらも、患者は何度も何度も礼の言葉を述べた。

ひとまず診察を終えてから空洞淵たちは部屋を変えて主人の比良坂と話す。比良坂は頭が禿《は》げ上がった小太りの中年男性で、七福神の布袋《ほてい》によく似ていた。

「先生のお薬のおかげですっかり元気になりました。その節は本当にお世話になりました」

比良坂は、笑い皺が刻まれた顔に困憊を滲ませながら深々と頭を下げたあと、悲しげな声色で続ける。

「ウチの使用人まで往診していただいて感謝の言葉もありません。なにぶん、私は十年まえにコロリが流行った際に、息子を亡《な》くしていましてね……。そのためコロリには少々過敏になってしまっているのです」

「息子さんを、亡くされていたのですか」

「ええ、まあ……」気まずげに男は視線を下げる。「巫女様もご家族を亡くされているというのに、私ばかりがいつまでも泣き言を言っているのもお恥ずかしいのですが……」

「そんなことありませんよ」綺翠は優しく言う。「人の悲しみに優劣などありません。それだけご子息を大切に想《おも》われていたということなのですから」

「お心遣い、痛み入ります」

再び頭を下げる比良坂。空洞淵は質問する。

「近頃街で、虎柄の狸を見るとコロリになる、という噂が流れているようですが……何かご存じありませんか？」

「正直に申し上げて……何とも歯痒《はがゆ》い思いです」

「歯痒い？」

意外な言葉だ。大切な子どもを失い、自らもつい先日まで苦しめられてきたはずなのに、何故歯痒く思うのだろうか。

「内緒にしていただきたいのですが、ウチは先祖代々、狸様に守られているのです」

「狸に、守られている？」

また予想もしていなかった言葉に空洞淵は面食らう。

確かに狸は、『他《た》を抜く』という言葉遊びから、商売繁盛《はんじょう》に結びつけられて崇《あが》められることはあるけれども……狸に守られている、という表現は聞いたことがない。何か特別な事情があるようだ。

「ウチは六道《りくどう》家と並ぶ〈幽世〉でもかなり古い家柄でして……。昔は薬の商いなどもやっていたようですが、曾祖父《ひいじい》様の代あたりからは売れないのでもう薬の扱いも止《や》めてしまったと聞いています」

今現在〈幽世〉には、とある理由から医療がほとんど存在していないのだけれども……〈幽世〉が〈現世〉から切り離されてからもしばらくは、まだ医療が存在していたと考えられている。歴史ある家柄の比良坂家が薬の商いをしていたとしても不思議はない。

「伝え聞いたところによるとその昔、ご先祖様が罠《わな》に掛かった狸様を逃がしたところ、数日後に狸様が恩返しに現れたそうです。そして以来狸様の加護で、商売繁盛していると……。それゆえに当家では、狸様が神様のように扱われているのです」

狸を助けたら恩返しにやって来た――何とも身に覚えのある逸話だ。

「ですから世間で狸様が悪《あ》し様《ざま》に言われていると胸が痛みますし、もし狸様がコロリを街で流行らせようとしているのだとしたら……何とも残念に思ってしまいます」

なるほど。そういった事情があるのならば、確かに〈虎狼狸〉という狸の怪異の噂を聞いてもどかしくも思うだろう。まして比良坂にとってコレラは、大切な息子を殺した憎むべき病気なのだ。その心中は察するに余りある。

空洞淵の背後に控えていた枂が、申し訳なさそうに身を縮こませている。彼女が狸であるとバレたわけではないが、居心地は悪いだろう。あまり長居をするのも可哀想《かわいそう》だと思い、空洞淵は話を切り上げる。

「お話ししてくださってありがとうございました。とにかく、噂のことは僕らのほうでも調べてみますので、あまりお気に病まないでください」

「……重ね重ねのご厚意、感謝申し上げます」

幾分くたびれたような笑みを浮かべて、比良坂は頭を下げた。

8

比良坂に使用人の薬を渡し、煎《せん》じ方の説明もしてから、空洞淵たちは屋敷を後にする。

綺翠はこのあと、別件でどうしても外せない依頼があるということで先に立ち去った。

ただの胃腸炎がコレラに上書きされたとわかった以上、事態は急を要することになったが、それと同時に〈虎狼狸〉なる怪異について不明な点が多いため、慎重にも動かなければならない。そのため一旦《いったん》は当初の方針どおり、下手に患者の感染怪異を祓わずに空洞淵の漢方で様子を見る方針に決まった。

綺翠に同行してもらえないことは多少心細くもあったが、まだ綺翠の手を借りられる段階にないのだから、忙しい彼女の手をこれ以上煩《わずら》わすのも悪い。

残りの往診は、空洞淵と楜の二人で回っていく。

コレラの症状に苦しむ患者の家を何軒か回った結果わかったのは、話を聞く限り発症する前日には全員が〈虎狼狸〉を目撃しているということだった。

やはり噂どおり、〈虎狼狸〉は実在する。

確信を得ると同時に、〈虎狼狸〉さえ倒してしまえば、街で流行っている厄介な胃腸炎も収束させられるだろうという希望を得る。

どうやら〈虎狼狸〉は、夜の街に出没するようなので、早速今夜から夜廻りを始めなければならない。

今後の方針を定めつつ、次の往診の場へ向かおうとしたところで、不意に楜が驚いたような声を上げた。

「あの、師匠。あれ……」

震える指で道の先を示す。何やら人集《ひとだか》りができているのが見えた。

その一団は、周囲よりも一際《ひときわ》色彩豊かだった。それもそのはず、集まっているのは色とりどりの着物を纏《まと》ってお洒落《しゃれ》をした若い娘たちばかりのようで、遠く離れた空洞淵の元までも華やかな声が漏れ聞こえている。

人気の歌舞伎《かぶき》役者でもいるのだろうか、と他人事《ひとごと》のように思った空洞淵だったが、娘たちに囲まれた中心にいる、やたらと目立つ男に気づき椥同様言葉を失った。

極楽街でも滅多に見かけないほどの長身。背中まで届く艶やかな黒髪と、外套のように羽織った鮮やかな着物から、遠目からは女性にも見えてしまうが、着崩した小袖《こそで》から覗く逞《たくま》しい胸筋が雄弁に男性であることを語っている。

色彩豊かな娘たちに囲まれていながらも、一際華のある美丈夫は、楽しげに娘たちと話を弾ませていた様子だったが、往来に立ち尽くす空洞淵と椥に気づくとすぐ、親しげに大声を上げた。

「おおい！　空洞淵殿！　椥！　こっちだ！」

男の声はとてもよく響いた。名指しをされてしまったら、気づかなかった振りをすることもできない。空洞淵と椥は、仕方なく賑やかな集団に歩み寄る。

若い女性たちの一団は、急に現れた薬処の店主代行に戸惑いの声を上げた。

「……空洞淵先生、お知り合いなのかしら」

「さすがお顔が広いわ……でも、どういったご関係なのでしょう」

「もしかして禁断の……恋！」

「そんな……先生には巫女様という素晴らしいお相手が……」

「でも、お二人の間で揺れ動く空洞淵先生というのも、それはそれでありかと……」

「何それ素敵！」

妄想逞しい娘たちの声を聞かなかったことにして、空洞淵は娘たちの中心にそびえ立つ男――隠神刑部に声を掛ける。

「……刑部様、こんなところで何をしているんですか」

「いや、なに。小生も噂が気になったものでな。ちょいとばかり街の様子を見に来たのだが……そうしたら娘たちが親切にも街を案内してくれようとしていたところだ」

懐《ふところ》から取り出した金の扇子を開く隠神刑部。何気ない仕草がやはり一々目を引く。周囲からも恍惚《こうこつ》のため息が漏れ聞こえる。

この特殊な怪異を、これ以上何も知らない一般の人々と関わらせるのはよろしくない気がする。

「――わかりました。皆さん、ご迷惑をお掛けしてしまい申し訳ありません。この先は僕が引き継ぎますので、皆さんどうぞご自身のお勤めに戻ってください」

娘たちがこの男に余計な思慕など抱くまえに、空洞淵は隠神刑部の腕を引いて歩き出す。背後から未練がましい視線が棘《とげ》のように突き刺さるが、幸いにして娘たちも諦《あきら》めたように散り散りになっていく。ひとけのない路地裏まで手を引いていったところで、空洞淵は気疲れのため息を吐《つ》いた。

またよからぬ噂が立ちそうな気はするが、さりとてうら若き乙女たちが叶《かな》わぬ恋に焦《こ》がれてしまうことを想えば、評判くらいどうということもない。

覚悟を決める空洞淵だったが、対して渦中《かちゅう》の隠神刑部は、涼しげな顔で樹と戯《たわむ》れている。

「しっかりと務めを果たしているようだな」

「はい……って、頭撫《な》でないでください！　私はもう子どもではありません！」

「小生から見れば、皆まだ子どもだ。何をしていても可愛《かわい》く見えるのだ、許せ。千葉は……まあ、あれだけは例外だな」

嫌がる樹の頭を、無理矢理撫で回す隠神刑部。その光景は見ていて大変微笑《ほほえ》ましいが、いつまでもそんなことをしていられる状況でもない。

「……あの、刑部様。どうしてまた急に街の様子など見に来られたのです？　こういう言い方は失礼かもしれませんが、人がどうなろうと刑部様たち怪異にはあまり影響がないのではないでしょうか」

「空洞淵殿、それは違う」

椈を解放した隠神刑部は、脇《わき》に置かれていた木箱に腰を下ろすと、冬の水面のように澄んだ瞳《ひとみ》で空洞淵を見つめた。

「確かにかつては小生もそのように考えていた。人間など、脆弱《ぜいじゃく》で群れをなすことしかできない下等種族なのだと。実際、怪異の大半が人間と敵対していた時代であったから、それは当然の思想だったのだが……。あるときこの〈幽世〉が、人と怪異の共存を目指して生み出された世界なのだと気づいて、小生はその考えを改めた」

隠神刑部は、目を細めて天を仰ぐ。薄汚れた木箱に座っているだけだというのに、まるで絵画のようにあらゆる所作が一々映える。

「我ら怪異は本来、実体を持たない観念的な存在だ。だが、長い年月を掛け、人々の認知が積み重なっていった結果、怪異は像を結び実体を得た。言うなればこれは、人々の想像力が怪異を生み出したということ。そして人々は、我らを敵対存在として設定した。つまり本質的な部分で、我らは生まれたときから人間に仇《あだ》なすものであることを宿命付けられていたわけだ。先に弓を引いたのは人間であり、我らは降り掛かる火の粉を払っていたに過ぎない」

——確かに有史以来、人に仇なす怪異や、妖怪《ようかい》退治の話は枚挙に暇《いとま》がない。

彼らのような根源怪異が、人間の認知によって生み出されたことは紛れもない事実であり……彼らが人間に敵意を抱いていたのだとしたら、それは人間がそのように生み出したからに他ならない。

悪行を働くも、最後には人間によって退治される——そんな人間にとって都合のいい存在。

言ってしまえばそれは、人間の優位性を誇示するための舞台装置だ。

生まれたときから、両者の関係は歪み、そして断絶している。

もちろん、人に害を為《な》さない怪異もそれなりにいるのだろうが、世界的に見ても大抵の怪異が人間にとって不都合な行いをしているという事実は変えがたい。

美貌の青年は、風に靡《なび》く長い髪を優雅に払った。

「だが、〈幽世〉は違う。人と怪異の距離が〈現世〉よりもずっと近く、関係も深い。無知から生まれた敵意も、お互いを知ることで別の感情へと変わっていく。この世界に住む人々は、やがて怪異を敵対存在ではなく〈自然とそこにいるもの〉として認識し始め、敵意を敬意へと変容させていった」

強い力を持った怪異が、神格化されて崇められるという例は、〈現世〉でも散見されるが、〈幽世〉ではそれが怪異全体に起きたということか。

無論、それだけで怪異に対する不安や恐怖が完全に払拭《ふっしょく》されたわけではないのだろうが、両者の関係が断絶していた頃と比べれば格段にましな状況と言える。

「人間からの敵意がなくなったのであれば、我らとて敵対する理由はない。そうなって改めて人間をよく知る機会を得たとき、気づいたのだ。この世界は、人と怪異が支え合って生きることで、ようやくまともに機能するのだと。それほどまでに――この世界は不安定で、不確かすぎる。〈国生みの賢者〉はきっと、早々にそれを見抜いたからこそ、人と怪異の融和を目指したのではないかな」

噂によって現実が書き換えられる可能性を秘めた世界の不安定さは、空洞淵も身をもって実感している。その都度、綺翠たち祓い屋や、あるいは怪異に力を借りて切り抜けてきた。

人だけでは、あるいは怪異だけでは、とうの昔にこの世界は破綻《はたん》していただろう。

両者が手を取り合い、均衡を保つことにより、かろうじて今日まで存続している。

「だから小生は、怪異だけでなく人間にも敬意を持っている。そんな街の人々に危機が迫っていると知った今、座して結果だけを待つことなどできないのだ」

隠神刑部は、穏やかに微笑みながら、澄んだ瞳で空洞淵を真っ直《ます》ぐに見つめてそう言った。

この千年を生きるという根源怪異は、真に人々のことを想い、憂いて、動いてくれている——。

その事実だけで、空洞淵は胸が熱くなる。

「——ありがとう、ございます」

無意識に感謝の言葉が溢《あふ》れる。しかし、すぐに今の状況を思い出し、空洞淵は現実的な思考に戻る。

「……ですが、刑部様の姿は街では目立ちすぎます。せめてもっと目立たない普通の人の姿に変化することはできませんか」

「それは無理な相談というものだぞ、空洞淵殿」

隠神刑部は、また懐から取り出した金の扇子を派手に開く。

「小生は、自分を偽ることを好まない。この姿でいることを拒絶されるのであれば、大人しく森へ帰ろうぞ」

そこだけはどうしても譲れないらしい。

「……では、今日のところは一旦お引き取りをお願いします。今夜、早速夜廻りを始めますので、何かわかったらまたすぐにお知らせします」

隠神刑部はそこで急に真剣な顔を浮かべ直し、あいわかった、と応じる。

「そこまで言われては是非もない。この場は大人しく引くとしようか。空洞淵殿、街を、いや〈幽世〉をよろしく頼み申す」

優雅な足取りで去りゆくその長身の背中を見つめながら、梛は呟くように言う。

「……刑部様があれほどまでに人のことを想っているとは知りませんでした。人には敬意を払えと、小さい頃から教えられてはきましたが……。刑部様のためにも、早く解決したいです」

「――そう、だね」

空洞淵としても同じ気持ちではあったが、それでもこの騒動に関わり始めてからずっと続いている妙な胸騒ぎを拭《ぬぐ》い去ることはできなかった。

9

夕食を終えて軽く仮眠を取った後、空洞淵と綺翠は夜の街へ繰り出していく。

今回、榭は夜の見廻りには加わらず、神社で穂澄と共に留守番している。危険であるというのも理由の一つだが、一番は夜遅くまでまだ幼い榭を連れ回すわけにはいかないという判断のためだ。

事実、榭は夕食を終えるともう電池が切れてしまったように舟をこぎ始める。まだ成長期であり、身体が十分な睡眠を欲しているのだろう。いくら大人びていても、本能には抗《あらが》えない。穂澄も似たようなものなので、きっと今頃は仲よく二人で夢の中だ。

何なら空洞淵もただの薬屋であり、妖怪退治には何の役にも立てないのだから本当ならば一緒に家で待っているべきなのだろうけれども……。

相棒であり恋人でもある綺翠が夜廻りに行くのだから付いていかない理由はないし、綺翠もまた空洞淵が付いていくことに心強さを覚えてくれているようなので、いつもどおり一緒に行動している次第だ。

初夏とはいえ、さすがに夜はまだ冷える。身体を冷やさないよう上着を羽織り、二人並んで肩を寄せ合って歩みを進める。

すでに〈虎狼狸〉の噂が広まっているためか、まだそれほど遅い時間でもないのに目抜き通りにひとけはない。この感じは、死神騒動のときの様相に近いかもしれない。

もっとも、死神などというあからさまに物騒な存在と比べて、虎柄の狸《たぬき》というのは何とも喜劇的で緊張感はあまりない。

決して慢心しているわけではないが、まさか綺翠が化け狸に負けるとも思えず、過去の夜廻りと比較しても幾分気楽な心持ちだ。

どちらかといえば、空洞淵は〈虎狼狸〉を退治したあとのほうが気掛かりだ。

何と言うか……ここまでの展開が些《いささ》か段取り的に思えてならないためである。

コレラという致死率の高い厄介な感染症を彷彿《ほうふつ》とさせる胃腸炎が街で流行りだしたと思ったら、時機を見ていたように〈虎狼狸〉なる怪異の噂が流れ始めた。

これまでにも、神籠村の一件や死神騒動で似たような状況には何度も遭遇している。

それは、この世界の医療技術では対応しきれない致死性の疾病《しっぺい》を、感染怪異によって上書きすることで解決する、という手法だ。

これらは、〈白銀の愚者〉こと月詠が好んで使っていたものだが……すでに自らの目的を達した彼女が今さら怪異騒ぎを起こすとも思えない。

ならばこれは、いったい何者の意図として計画されたものなのだろうか――と、悪い癖で、現象の裏の意味を読み取ろうとしてしまう。

もちろん、すべてがただの偶然である可能性は大いにある。

だから、考えすぎなのだろうとは思うが、重大な見落としをしているということもありえ得なくはないため、どうにも落ち着かない。

「——空洞淵くん。眉間《みけん》に皺《しわ》が寄っているわ」

綺翠に指摘され、自分があまり好ましい表情をしていなかったことに気づく。

空洞淵は小さく、ごめん、と詫《わ》びる。

「……月詠の一件が終わってから初めての怪異が絡《から》んだ騒動だから、少し過敏になっちゃってね」

「無理もないわ」綺翠は苦笑する。「これまで空洞淵くんは無理矢理騒動に巻き込まれていたのだもの。でも、大丈夫。あなたはもう、運命から解放されたのだから」

そう、空洞淵はこの春、三百年に及ぶ運命の物語に一応の決着を付けている。

だからもう、何者かの陰謀によって騒動に巻き込まれることはない——はずだ。

ならばやはりこれは、ただの思い過ごしか。

空洞淵は余計な思考を振り払って、夜廻りに集中する。

そのとき、僅《わず》かに空気の温度が変わった気がした。

本能的に、直感的に。

空洞淵は身の危険を覚える。

「……空洞淵くん、私の後ろへ」

短い綺翠の指示。言われるまま彼女の背後へ。

足を止めて前方に意識を向ける綺翠。左手は、腰に帯びた小太刀の白鞘《しろざや》を握っている。

視界の先には暗闇《くらやみ》が広がるばかりで何も見えない。ただ、確実に何かがいることだけはわかる。

「――祓へ給《たま》へ、清め給へ。守り給へ、幸《さきは》へ給へ」

闇夜に響く祝詞《のりと》。涼やかな綺翠の声は、荘厳《そうごん》な気配を宿して世界と共鳴する。

警戒と敵意。妙に生暖かい、そして生臭い空気が前方から滲《にじ》み出てくる。

獣の臭《にお》いだ、と空洞淵は思った。

何かの気配はゆっくりと、しかし着実にこちらへ向かっている。

「――恐《かしこ》み恐《かしこ》みも白《まを》す」

〈破鬼の巫女《みこ》〉が、祝詞の奏上を終える。

一陣の風が通り抜けた。雲に隠れていた月が、仄《ほの》かに大地を照らす。

宙に浮いた二つの丸がギラリと光る。

眼光。

「――――ッ！」

次の瞬間、何が起こったのかもわからないまま、空間が破裂するような衝撃に空洞淵は尻《しり》もちをついていた。

軽い脳震盪《のうしんとう》で頭がくらくらする。気を失いそうになりながら、必死に意識を繋《つな》ぎ止めて様子を窺《うかが》う。

いつの間にか霊刀を抜いていた綺翠。淡い光を放つ刀身には、何かがのし掛かっている。

霊刀と月明かりに照らされ、ようやく拝めたそれは——何とも奇妙な姿をしていた。

まさに以前、〈現世〉にいた頃に見た大人の虎ほどの体軀《たいく》。体長は二メートルを優に超え、体重も二百キロはあるだろう。体表面は一様に、警戒色の黄と黒の縞《しま》模様で埋められている。ただしでっぷりと膨れた腹に毛は生えておらず、不気味に白い肌が覗《のぞ》いていた。

短い手足に長い尻尾《しっぽ》。顔はやや面長で、大きな口には狼《おおかみ》を思わせる鋭い牙《きば》が生え揃《そろ》っている。

虎《とら》にも狼にも狸にも見える、異形の怪物——虎狼狸。

まるで見慣れない外見に戸惑いながらも、ようやく冷静さが戻ってきて状況を理解する。

〈破鬼の巫女〉は、長く伸びた怪物の爪《つめ》を霊刀で受け止めているところだった。

おそらく不意を突いて襲ってきた〈虎狼狸〉の一撃を、目にも止まらない抜刀で防いだのだろう。

「綺翠！」

「大丈夫！ 空洞淵くんは私が必ず守るから！」

緊迫した声が返ってくる。気を逸《そ》らすべきではないと思い、空洞淵は口を噤《つぐ》む。

実際に〈虎狼狸〉の体重がどれほどのものなのかは定かでなかったが、見た目どおりならば細身の綺翠よりも絶対に重いはず。

現在ののし掛かりが長引けば、いずれその爪は綺翠を切り裂くだろう。現に、僅かながら〈虎狼狸〉が押し勝ち、鋭い牙がゆっくりと綺翠の肌に迫っている。

だが、重心を下げて足を踏ん張り、両手で柄を握ることでようやく力の均衡を保っている綺翠に、のし掛かりを解く余裕はない。

ならば——、と空洞淵は躊躇《ちゅうちょ》なく綺翠の後ろからその身を躍らせ、〈虎狼狸〉の横腹目掛けて体当たりを繰り出す。

「空洞淵くん⁉」

驚くような綺翠の声。空洞淵の決死の体当たりは、怪物と巫女の力の均衡を僅かに崩す。

その一瞬を逃す綺翠ではない。艶《あで》やかな小太刀の反りで相手の力を受け流すと、返す刀で眼前に晒《さら》された〈虎狼狸〉の白い腹に、鋭い袈裟《けさ》斬りを見舞う。

鮮血が、虚空《こくう》に噴き上がった。

闇を劈《つんざ》く〈虎狼狸〉の絶叫。街中に轟《とどろ》いたかと思うほどの大音声《だいおんじょう》に空洞淵は思わず耳を塞《ふさ》ぐ。

斬りつけられた〈虎狼狸〉は、大量の鮮血を滴《したた》らせながら二歩ほど退くと、そのまま背を向けて一目散に逃げ出した。

「……追ったほうがいいかな」

地面に点々と続く血の跡を見る空洞淵。しばし考え込んでから、綺翠はいいえ、と答えて速やかに納刀する。

「深追いは止めておきましょう。それにあれは致命傷のはず。何も処置を施さなければ、数日で死に至るわ」

致命傷――つまり、街にコレラ様の症状を振り撒《ま》いていた感染怪異〈虎狼狸〉は、無事に祓《はら》われたということか。

思いのほか呆気《あっけ》ない幕切れではあったが……とにかく綺翠に大事がなくてよかった。

安堵する空洞淵だったが、続けて非難するような綺翠の視線に気づく。

「……空洞淵くん、どうしてあんな危険なことしたの」

危険なこと……それはやはりあの体当たりのことだろう。

「それは、その……綺翠を助けたい一心で、つい」

「つい、じゃないでしょう」綺翠は怒ったように唇を尖《とが》らせて空洞淵に詰め寄る。「危険なことはしないで、って言ってるでしょう。どうしてあなたはそういつも、自分の身の危険を顧みずに動くの」

「……ごめんなさい」

素直に謝る。確かに後ろにいろと言われたのだから、綺翠を信じて待っているべきだった。綺翠ならばあの程度の危機、自力で乗り越えられただろう。

ただ、頭ではわかっていても身体が勝手に動いてしまったのだから仕方がない。大切な人の危機を目の前にして、冷静でいられるほど空洞淵も達観していないのである。

「……まったくもう」

そんな空洞淵の心情を慮《おもんぱか》ってか、綺翠は深いため息を零《こぼ》す。身の危険も省みずに困っている人を衝動的に助けてしまうのは空洞淵の性分なのだと半ば諦めているのだろう。

だが、それであっさりと許してもらえるほど綺翠も優しくはない。綺翠は拗《す》ねたように空洞淵を見上げる。

「空洞淵くん、私はとても怒っています」

「……はい。それはもう、一目見たらわかるくらいにはわかりやすく」

「だから誠意を見せて」

「……誠意？」

何を言っているのかわからず、空洞淵は狼狽《うろた》える。

「そう、誠意」綺翠は淡々と続ける。「ごめんなさい、もうしません、という気持ちを込めて私に接して」

「……？」

そんなことを言われても、どうすればいいかわからない。

困惑しきりな空洞淵。綺翠はそれ以上何も言わず、僅かに上を向いたまま双眸《そうぼう》を閉じる。

何かを、待っている顔。

そこでようやく綺翠が何を求めているのかを察し、空洞淵はまた動揺する。

ここは往来で、どこに誰の目があるかわからない。今にも暗闇の向こうから知り合いが顔を覗かせたとしても不思議はないのだ。

それなのに、綺翠は動かない。目を閉じたまま、じっと空洞淵を待っている。

——仕方ない。

覚悟を決める。すべては自分が蒔《ま》いた種だ。これで綺翠の機嫌が直るならば安いもの。

そんな言い訳が脳裏に過《よぎ》るもすぐに忘れる。

結局のところ、空洞淵自身もずっとそうしたかったのだから。

彼女の細い肩に手を添える。ピクリと、一度小さく震えるが、瞼《まぶた》は開かない。

そのまま、ゆっくりと顔を寄せていき——。

やがて月夜に落ちた二つの影が、甘く重なった。

10

翌日には、綺翠が〈虎狼狸〉を退治したという噂が街中に広まり、それに呼応するように胃腸炎で苦しんでいた患者たちが快方へと向かい始めた。

おそらく感染怪異〈虎狼狸〉と、流行り病《はやりやまい》の胃腸炎が結びついた結果、〈虎狼狸〉の退治に伴って胃腸炎のほうも弱まっているのだろう。

もちろん、だからといって伽藍堂が急に暇になるわけではない。相変わらず店は、胃腸炎の薬を求める患者の家族で混み合い、空洞淵と槲は忙しく日暮れまで働いた。

物覚えがよく、また筋もいい槲は、早くも伽藍堂になくてはならない人材になりつつある。元々、恩返しを受け入れるために一週間だけ、という話だったが、惜しく感じてしまう。給金は弾むので、できればもう少し長く働いてもらいたいところだが……まだ幼い槲を、空洞淵の勝手な都合でこれ以上引き留めるわけにもいかない。

約束の一週間が経過したら、ちゃんとお別れしよう、と改めて心に誓う。

そして、その翌日。

空洞淵と綺翠は、槲に連れられて、早朝から再び狸たちの里である信楽郷を目指していた。

隠神刑部の依頼でもあった、〈虎狼狸〉の討伐を報告するためだ。

普段よりも妙に静かな森に違和感を抱きながらも歩みを進め、目印にもなっている大きな信楽焼きの狸像の前までやって来る。

入口から覗く里は、先日の長閑《のどか》なものとは打って変わって妙に騒がしく緊迫しているように見えた。

　すぐに異変を察した楜は、二足歩行の愛らしい姿に変化すると、近くで元気がなさそうに畑仕事をしていた狸に声を掛けた。

「あの、何かあったのですか？」

　楜の声に、狸は驚いたように顔を上げた。

「おお、楜！　よくぞ戻ってきた！　早く刑部様の元へ！」

「刑部様の？」

　首を傾げる楜。相手の狸はじれったそうに言う。

「先日、賊に襲われて瀕死《ひんし》の重傷を負われたのだ！　千葉様の話では、今夜が峠だと――」

　空洞淵たちは驚いて顔を見合わせてから、慌てて隠神刑部の屋敷へ向かって走る。

　屋敷の周りには、人集りならぬ狸集りができていた。皆心配そうに屋敷のほうを窺っている。

「通してください！」

　楜は小さな体軀で狸たちを搔《か》き分け、屋敷の中へと飛び込む。空洞淵たちもその後に続く。屋敷の中は静かで、人の気配がない。

三人は狭い廊下を駆け抜ける。そしてようやくたどり着いた主《あるじ》の寝室で――。

隠神刑部は、床に臥《ふ》せっていた。

白皙《はくせき》の美貌《びぼう》を苦悶《くもん》に歪《ゆが》め、荒い呼吸をくり返している。

「刑部様！」

槲は隠神刑部に飛びつく。枕元《まくらもと》で看病をしていた千葉は、突然槲が現れたことに驚きながらも、すぐに諫《いさ》める。

「これ槲。刑部様に負担を掛けるでない」

後ろ髪を引かれるように隠神刑部から離れながら、槲は千葉を見上げる。

「千葉様。いったい、刑部様の身に何が起こったのですか？」

一度千葉は目を閉じ、深いため息と共に悔恨を零す。

「……一昨日の夜だ。ふらりと屋敷を出られた刑部様が、一刻ほど経《た》ってから大怪我《おおけが》を負って帰られてな……。出血も酷《ひど》く、意識も朦朧《もうろう》としておられて……。里の狸たちは、刑部様が賊に襲われたと大騒ぎよ……」

一昨日の夜。

それはまさしく、空洞淵と綺翠が〈虎狼狸〉と対峙《たいじ》した日だ。

とても偶然とは思えない。

嫌な予感を覚えた空洞淵は、慌てて隠神刑部の掛け布団《ぶとん》を捲《まく》る。

白い顔で横になる美青年。裸の上半身には幾重にも包帯が巻かれている。左肩から右の腰あたりまで、じんわりと赤黒い血が滲んでいる。

所謂《いわゆる》、袈裟斬りの痕《あと》――。

それを見た瞬間、ここ数日に見聞きしたあらゆることが脳裏に蘇《よみがえ》り、その果てにすべてを察する。

「……刑部様。あなたが、〈虎狼狸〉の正体だったのですね」

空洞淵の呟《つぶや》き。慌てたように楜が腕にしがみ付いてくる。

「ど、どういうことなのですか、師匠！」

楜の頭をそっと撫でて落ち着かせてから、空洞淵は努めてゆっくりと語り始める。

「刑部様はね、その身を犠牲にすることで、コロリをこの世界から根絶しようとしたんだ」

「コロリを、根絶……？」

意味がわからない、というふうに首を傾げる楜。

空洞淵は初めから丁寧に語っていく。

「簡単に、刑部様の目的を説明しようか。まず、今から十日ほどまえ……ちょうど僕が罠《わな》に掛かった栩を助け出した頃だ。あのあたりから、極楽街で少しずつ胃腸炎が流行り始めた。これは僕の見立てどおりなら、コロリではないただの胃腸炎のはずだったのだけど……。下痢と嘔吐という特徴的な症状から、多くの人が十年まえの悲劇を思い出し、ひょっとしたらコロリが再び流行り始めたのではないか、という不安を抱えてしまった」

十年ほどまえ――〈幽世〉では、コレラが大流行して多くの犠牲者を出したという。当時の御巫神社神主と巫女――つまり綺翠の両親もまた、それにより相次いで命を落とした、と。

「そして人々が不安を抱え、その認知が広がっていった結果――ただの胃腸炎がコロリに書き換わってしまったんだ」

「まさかコロリ自体が感染怪異だったの……!?」

驚きの声を上げる綺翠。まさに空洞淵たちはそこで大きな勘違いをしていた。

感染怪異として流行し始めたコレラと、謎の怪異〈虎狼狸〉には、当初何の関係もなかったのだ。

「刑部様は、コロリの再流行にいち早く気づいた。そこで、この問題に対処すべく、コロリの原因として〈虎狼狸〉という見た目が印象的な新たな怪異を生み出し、その噂を率先して街中に流布《るふ》したんだ。コロリの感染怪異を、〈虎狼狸〉の感染怪異によって上書きをするために」

二重の感染怪異――それが状況を複雑化し、真相を覆い隠していたものの正体だ。おそらく榭がやって来た頃、胃腸炎の症状が激しくなってきたあたりで〈コロリ〉の感染怪異に代わり、その後数日で再び〈虎狼狸〉の感染怪異に代わったのだろう。

「で、ですが……何のためにそのような回りくどいことを……？」

「自らその〈虎狼狸〉に化け……そして祓い屋に祓われるためだよ」

もう少し早く気づけていれば、他の結末もあったかもしれない。

悔しさを滲ませながら空洞淵は続ける。

「〈虎狼狸〉が祓われたら、感染怪異によって紐付《ひもづ》けられたコロリもまた、〈幽世〉から消える。つまり、すべてはコロリを〈幽世〉から根絶するための計画だったんだ」

「そんな……！」

息を呑《の》み言葉を詰まらせる榭。

コレラは、現在の〈現世〉においてなお、世界的に猛威を振るっている恐ろしい感染症だ。そんなものを本当に、感染怪異を利用することで〈幽世〉から根絶できるのか。

何も知らない頃の自分ならばにわかに信じがたかっただろうが……すでに似た事例を何度も見てきている空洞淵は、これが決して与太話の類《たぐい》ではないとわかる。

神の子を宿すという新たな信仰を生み出すことで、不治の病を封じ込めた神籠村。

自らが死神となることで、未知の眠り病を上書きした御巫神社初代巫女。

いずれも、〈幽世〉では対処困難な疾病に、〈幽世〉なりの対応を試みた結果、見事に奏功している。

だから今回もきっと、〈虎狼狸〉が祓われたことで、〈幽世〉からはコレラが根絶されたのだろう。それを確かめる術《すべ》はないけれども……ここはそういう世界なのだ。

「……でも、それにしたって、どうして隠神刑部はそこまでしてコロリを〈幽世〉からなくそうとしたの？　人間の病なのだから怪異には影響がないはずなのに」

切なげに、綺翠は問う。彼の企《たくら》みだったとはいえ、隠神刑部を手に掛けてしまった綺翠としては、どうしても知っておきたいところなのだろう。

彼が己の身を賭《と》してまで人を救おうとした理由に気づいている空洞淵は、それを語ろうとする。だが、それより早く、床に臥せっていた隠神刑部が、苦しげに唸《うな》り声を上げて重たい瞼を開いた。

「……巫女殿。小生のことは、どうか気になさるな……。これは、小生が勝手にやったことだ……」

「刑部様！」

感極まったように涙を浮かべて飛びつく楜。主にこれ以上の負担を掛けまいと、千葉は楜を引《ひ》き剥《は》がそうとするが、隠神刑部は片手でそれを制してから、愛《いと》おしげに目を細めて楜の頭を撫でた。

「……心配を掛けてしまってすまない、楜。小生がいなくなっても、おまえは医術を志せ……。おまえには、素質がある……。小生の代わりに、これからたくさんの人を救うのだ……」

「刑部様……！　そんな今生《こんじょう》の別れのようなことは、言わないでください……！」

声を震わせて隠神刑部の手を握る楜。優しい眼差《まなざ》しを愛弟子《まなでし》へ向けてから、隠神刑部は死に瀕してなお美しい顔を空洞淵へ向けた。

「空洞淵殿……夢現《ゆめうつつ》ながら、貴殿の話は耳に入っていた。やはり貴殿には、すべてわかっているのだな……」

「……はい。概《おおむ》ねの事情は、理解しているつもりです」

「――そうか」

どこか安堵《あんど》したような隠神刑部の声。それから彼は、ゆっくりと語り始めた。

「かつて小生は……どこぞの女狐《めぎつね》、狼とともに〈幽世〉という新しい世界の覇権を競い合っていた。当時はまだ血気盛んで、力こそがこの世のすべてと信じていた。他の連中も、似たようなものであったと思うが……。ともあれ、我々は人々から恐れられ、いつしか三大神獣と呼ばれるようになっていた」

「……なるほど、そういうことだったの」何かに納得する綺翠。「ずっと疑問だったのよ。どうして〈幽世〉の三大神獣に、ウチの龍神《りゅうじん》が含まれているのか」

以前、空洞淵が御巫神社初代巫女から聞いた話では、確かに御巫神社の祭神である龍神は三大神獣として数えられていたはずだ。空洞淵の顔から疑問を察したように、綺翠は説明する。

「ウチの祭神たる〈朧様〉は、確かに恐ろしい力を持った怪異なのだけど、空洞淵くんも知ってのとおり、今は重度の出不精で自分から神社の外へ出て何か悪さをしようとする類の怪異ではないの」

実際、〈幽世〉へ来てまもなく一年になろうというのに、空洞淵は一度もその〈朧様〉に会ったことがない。居候《いそうろう》として何度か挨拶《あいさつ》をしようとしたのだけれども、残念ながら未《いま》だに叶っていないのだ。綺翠によると、本殿の奥に引《ひ》き籠《こ》もって滅多なことでは外へ出てこないということらしいが……。

「それこそ大昔……〈幽世〉ができる以前には、それなりに悪さもしていたみたいだけど、三百年まえあたりにはもう今の感じになっていたと聞くわ。だから、三大神獣に数えられている現状にはずっと違和感を抱いていたのだけど……。どこかで隠神刑部の席を奪い、御巫神社への信仰を集めるために利用していたのね」

「……おそらく、そうなのであろう」

ふぅ、と隠神刑部は苦しげに息を吐く。

「あるとき小生は、〈金色の賢者〉の怒りを買って、瀕死の重傷を負った。もちろん、命からがら逃げ出したのだが……そのとき不運にも、人間が仕掛けた罠に掛かってしまってな。普段ならば、どうということもない罠だったが……生憎《あいにく》と瀕死の身では抜け出すことも叶わず……。小生はこのまま死ぬのだと、己《おの》が運命を悟った。ところがそのとき、ふらりと通りかかった人間に救われたのだ」

「まさか、それが――」

事情を察した綺翠が驚きの声を上げる。隠神刑部は万感の思いを込めて頷《うなず》いた。

「そう……それが比良坂殿だ」

比良坂殿――それは、先日も空洞淵が往診に行った、〈幽世〉でも古い歴史を持つ家のことだ。現当主の話によれば、先祖が狸を助けて以来、家の守り神になっているという。

守り神とはつまり、隠神刑部のことだったのだ。

かつて比良坂家では薬の商いもしていたというから、怪我をした隠神刑部の治療に漢方薬を使ったとしても不思議はない。

そのとき、隠神刑部は激しく咳《せ》き込んだ。楜は心配そうに彼の手を強く握る。

あまり彼にばかり語らせて負担を掛けるべきではないと思い、空洞淵は説明を代わる。

「――ここからは、僕の考えをお話しします。もし、事実と違うところがあれば、訂正をお願いします」

「……すまない、空洞淵殿」

隠神刑部の感謝の視線を受け止めて、空洞淵は続きを語る。

「その後、刑部様は恩返しとして、比良坂家を代々見守ることにしました。おそらくこのあたりで、刑部様は表舞台から隠居されたのだと思います。それから長い年月が経ち、比良坂家も栄えていきました。刑部様も恩返しができてさぞ喜んでいたことと想像しますが……あるときあまりにも理不尽な悲劇が比良坂家を襲いました。それが、十年まえのコロリの大流行です。このとき、比良坂家現当主は最愛のお子さんを失ってしまいました」

コロリ、という言葉に綺翠は表情を固くする。彼女もまた、このときに両親を失っているのだから無理もない。

「いくら家の守り神とはいえ、病に対してはほとんど無力だったことでしょう。比良坂家現当主は深く悲しみ、また同時に刑部様も激しい無力感に襲われた。不可抗力だったにせよ、命の恩人の末裔《まつえい》をみすみす死なせてしまったのですから。もちろん、悔やんだところで死者は蘇りません。だから、次に何かが起きたときには、それこそ命に替えてでも、比良坂家を守ろうとそう誓ったのだと思います。そして十年後……その『何か』は、再び唐突にやって来た」

この先について勝手に語っても問題ないか、視線だけで隠神刑部に確認を取る。彼は何も言わずに小さく頷いただけだった。それを了承の合図と取り、空洞淵は続ける。

「それがここ最近、街で流行りだした胃腸炎です。あなたは、過去の経験からコロリの再流行を心配して、街の動向を見守っていました。その折に比良坂家の現当主が胃腸炎で寝込んでしまったことを知ったのでしょう。幸いにしてそれはコロリではないようだったので、一旦《いったん》は胸をなで下ろした刑部様でしたが……人々の噂により、すぐに胃腸炎はコロリに書き換えられてしまった。このままでは再び比良坂家のように、愛する家族を亡《な》くして悲しむ人々が続出してしまう――そんな最悪の結末を想定した刑部様は、もう二度と〈幽世〉でコロリの犠牲者が現れぬよう、その身を犠牲にする決意を固めたのです」

「それが……〈虎狼狸〉騒動の真相だったのですね」

ようやく事情を理解した椈が切なげに呟いた。

比良坂家への恩返しと、この〈幽世〉に住む数多《あまた》の人々のために、その身を犠牲にした――。

再び激しく咳き込む隠神刑部。その顔は、苦痛に歪んでいたが、どこか晴れやかでもあった。

「……空洞淵殿の言うとおりだ。小生は……この世界に住む無辜《むこ》の人々を救うためとはいえ……〈幽世〉の安寧を脅《おびや》かした。巫女殿……迷惑を掛けて、本当に申し訳ない。死をもって……この罪を償おう」

綺翠は硬い表情で、死に瀕する隠神刑部を見つめていたが、やがてぽつりと呟く。

「――許しません」

「……え？」

驚くように顔を上げる樹。しかし、綺翠はそんな樹を押《お》し退《の》けるように、隠神刑部の横に座る。普段の感情に乏しいながらも穏やかな様子ではなく、世界の守人たる〈破鬼の巫女〉として毅然《きぜん》と言い放つ。

「勝手なことをして……死に逃げるなど、到底許されることではありません。事前に相談していただければ、もっと穏便に解決できたものを……。あなたには言いたいことがたくさんあります。絶対に今のまま死なせはしません」

そう言い切ると、綺翠は隠神刑部の傷口に手をかざす。手のひらと傷口の隙間《すきま》から、淡い光が溢れ出す。

「空洞淵くん」

綺翠は真剣な顔で空洞淵を見上げる。

「失われた霊力は私が補う。だから……どうかこの人を死なせないで」

黒真珠を思わせる澄んだ瞳。複雑な感情の光が宿っているが、突き詰めればそれはただ一つの思いに集約される。

――助けて。

元より、空洞淵の心は決まっている。

「大丈夫、僕も〈幽世〉のためにその身を犠牲にしようとした偉大な怪異を、みすみす死なせるつもりはないよ」

「……巫女殿、空洞淵殿」

隠神刑部の困惑にも似た呟きに、空洞淵は微笑みを返す。

「あとのことは、僕らにお任せください。刑部様はゆっくりと休んで——っと、そのまえに、この薬を飲んでください」

空洞淵は懐から一包の粉薬を取り出す。薄い薬包紙は透け、中には黒い粉が収められているのが窺える。

「これは……王不留行散か……？」

隠神刑部の声に驚きが混じる。空洞淵は自信を滲ませて頷く。

「はい。金瘡《きんそう》——刃物によるあらゆる傷と出血に対して神効を示す妙薬です。以前、怪我をしたあなたを癒《い》やしたように、今回も必ずあなたを癒やしてみせます」


問曰寸口脈浮微而澁法當亡血若汗出設不汗者云何答曰若身有瘡被刀斧所傷亡血故也病金瘡王不留行散主之

王不留行散は、古方の中でも謎《なぞ》の多い処方で、今なおその効能には疑問の声が上がることが多い。

そもそも主薬である王不留行も、基原植物がよくわかっておらず、現在ではナデシコ科のドウカンソウ、もしくはフシグロで代用されることが多い。空洞淵の流派では、フシグロの全草をよく乾燥させ、黒焼きにしたものを利用している。

薬効に関しても、切断した指が傷跡一つなく元に戻ったなど、眉唾《まゆつば》なものが多いが、師である祖父が好んで利用していたこともあり、空洞淵もまたそれなりに信頼を置いている。

強いて問題を挙げるとするならば、かなり手間の掛かる処方で一度に大量に作ることができないため、希少価値が高いことだが……隠神刑部のためならば、それも惜しくはない。

散剤を苦しげに飲み干してまもなく、隠神刑部は深い眠りに就く。

あとは、彼の体力と、綺翠の霊的な補助、そして空洞淵たちの看病次第――。

今夜の峠を越えるための、長い戦いが始まった。

11

——結論から言ってしまうと、幸運なことに隠神刑部は一命を取り留めた。

本当に峠を越えられるか不安なところはあったが、千年という長きを生きる偉大な怪異の精神力は凄《すさ》まじく、翌朝には意識を取り戻すほどにまで快復した。

ここまで力を取り戻せば、綺翠の霊的補助ももう必要ない。街ではまだちらほらと胃腸炎の患者が出ているため、空洞淵も忙しい。

楜に隠神刑部の看病を任せ、空洞淵たちは街へ戻る。

それからまた一週間ほど慌《あわ》ただしい日々が続いた。

流行っていた胃腸炎のほうは、〈虎狼狸〉の討伐から五日も経つ頃にはすっかり収まったので、空洞淵は密《ひそ》かに胸をなで下ろした。

実のところ隠神刑部を生かすことには、僅かながらも気掛かりがあった。

というのも、そもそも彼が〈虎狼狸〉だったのだから、討伐後に彼を生かしてしまったら、またコレラ様の胃腸炎が復活してしまうのではないか、という懸念《けねん》があったのだ。

幸いにも人々の認知が、〈虎狼狸〉は討伐された、という形のまま維持されたことで、無事にコレラの根絶という結果に現実は書き換えられたようだ。

このあたりの感染怪異による現実改変には不確かな部分も多いので、運頼みのところはあったが、何とか今回も無事に切り抜けられたらしい。

胃腸炎の流行が落ち着いた頃合いを見計らい、空洞淵たちは一度、今回の件の概要を〈国生みの賢者〉こと金糸雀へ報告した。

賢者は、興味深そうに空洞淵たちの話を聞き、

「――そのようなことが起きていたのですか。騒動の事後に報告をされるというのは初めての経験で、これは中々新鮮でございますね。主さま、綺翠、この度はお疲れさまでございました」

と空洞淵たちを労《ねぎら》った。

かつて金糸雀は、極楽街で起こったあらゆる事象を見通す〈千里眼〉という異能を持っていた。その能力を利用し、これまでは極楽街で起こった大小様々な騒動に介入し、人知れず解決に導いていたのだけれども……。

故《ゆえ》あって最近、額にあった第三の眼を元の持ち主へ返してしまったため、〈千里眼〉を失って極楽街で起こるあれこれを全く認知できなくなった。

そのため、これまで彼女が介入していた色々な騒動に、今度は空洞淵を初めとした街の住人が積極的に関わって解決していかなければならなくなったのだ。

今回はその最初の騒動だった。興味津々《しんしん》な様子であれこれと尋ねてくる金糸雀。もしかしたら、初めて自分が関与していない騒動が解決して嬉《うれ》しいのかもしれない。

「相変わらず素晴らしき活躍ですね、主さま、綺翠。〈幽世〉に住む人々が、わたくしの加護を離れてもこの世界を何事もなく存続させられているというのは、人々がよきように成熟し始めていることの証左です。これからもよろしくお願いしますね」

ニコニコと無邪気に喜ぶ金糸雀。何百年という長い目線で生きている彼女にとって、人々の成長は何事にも代えがたい喜びであるようだ。

あくまでも一般的な人間でしかない空洞淵には、よくわからない感覚だったけれども……彼女が喜び、そして不自由なく過ごせる世の中になっているのであれば、それで十分だと思った。


その後また慌ただしい日々が続き、そういえば隠神刑部はどうなっただろう、と改めて気になり始めたところで、樹が戻ってきた。

「刑部様は、床から起き上がれるようになるまで快復されました。これもすべて、師匠と巫女様のおかげです！　本当に……本当にありがとうございます！」

御巫神社母屋《おもや》の居間で、畳に額を擦りつけるように土下座する榭。榭からすれば、隠神刑部は育ての親も同然の存在なのだろうから、その反応も当然かもしれないが、空洞淵自身の労力など微々たるものなので、そう丁寧に頭を下げられてしまうと何とも居心地悪く感じてしまう。

隠神刑部が元気になったのであれば、その報告だけで十分だ。

榭の献身的な看病を労うため、普段よりも少しだけ豪勢な夕食を食べ、その日は早々に眠りに就く。

翌早朝、空洞淵たちは隠神刑部の様子を見に行くため、三度《みたび》〈信楽郷〉へと向かう。

大勢の狸たちから代わる代わる感謝の言葉を掛けられつつ、隠神刑部の屋敷へ。

初めて訪れたときと同じように、隠神刑部は縁側でのんびり煙管《きせる》を咥えていた。

空洞淵たちの来訪に気づいた美貌の青年は苦笑した。

「――どうにも、死に損なってしまったようだ」

それから隠神刑部は、姿勢を正して丁寧に頭を下げる。

「空洞淵殿、巫女殿、この度のご厚意、感謝の言葉もない」

空洞淵と綺翠は顔を見合わせる。

「僕らが勝手にやったことです。どうかお気になさらず。それに感謝なら栩や郷《さと》の皆さんからもうたくさんいただいています」

「──そうか」

感慨深げに、あるいはどこか嬉しそうに隠神刑部は頭を上げた。

肩に羽織った鮮やかな女物の着物を正して続ける。

「ともあれ、これで人に命を救われたのは二度目だ。貴殿らは気にするなというが、他の狸たちの手前そういうわけにもいくまい。小生は今後、比良坂殿に加え、空洞淵家の守り神となり、子孫繁栄を見守ることを誓おう」

また随分と大げさなことになってしまったが……まあ、体面上断るわけにもいかないし、理解者が増えることはよいことだと判断し、空洞淵はその提案をありがたく受け入れた。

しかし、そこで綺翠は少しだけ面白くなさそうに言った。

「空洞淵くんだけなの？　うちには何かないの？」

「……うん？　同じことであろう？」

意味がわからないというふうに首を傾《かし》げる隠神刑部。

綺翠もまた何がわからないのかわからないという様子で目を丸くする。

「……え？」

「……ん？」

不思議そうに見つめ合う二人。そこで空洞淵は何となく二人の行き違いの理由に察しがついて割って入る。

「——あの、刑部様。梢に何を聞いたのかは知りませんが、そもそも僕と綺翠は結婚していません」

「妻夫《めおと》ではない⁉」

心底驚いたように珍しく大声を上げる隠神刑部。

「それほど仲睦《なかむつ》まじくいるのに、妻夫ではないのか……！」

「ええ、まあ……」

元々は、梢の誤解を正さなかった空洞淵に非があるのだが、話題が話題だけに何とも気まずい。梢もまたようやく自分の勘違いに気づいたようにあたふたとしている。

しばし沈黙が満ちるが、やがて堪《こら》えきれなくなったように隠神刑部は大口を開けて笑い始めた。

「そうかそうか……！　やはり人の子は実に面白いな……！　ならば小生の加護は、恩人二人が身を固めるまでお預けとしておこう！　人の一生は短いぞ、ご両人！　後悔のなきよう過ごすがいい！」

突然笑い出した理由はよくわからないが、隠神刑部はすぐに、いてて、と傷口を押さえて笑うのを止《や》めた。胸元からは白い包帯が覗いている。さすがにまだ全快とはいかないようだ。

それから呼吸を整えた隠神刑部は改まって言う。

「――ときに空洞淵殿。一つ相談があるのだが」

「何でしょう？」

「これまで我々狸は、人から姿を隠して暮らしてきた。ときおりこっそりと街へ行き、悪さをする輩《やから》などはいたが……。基本的には人との接触を断っていた。理由は様々だが、一番はやはり、狸にとって人間は捕食者であるためだ」

隠神刑部は真剣に語る。

「大切な同胞を守るため、小生は人との接触を禁じていたが……同時に、いつまでもこのままではいけないという危機感も覚えていた。人の世がどんどん変わっていくのならば……我らもそれに合わせていかなければ、いずれこの世界から孤立してしまう。人間と共存する道を、模索していかなければと、頭を悩ませていたが……幸いなことに、人間の中でも有力者たる空洞淵殿や巫女殿と、斯様《かよう》に縁ができた。この縁をみすみす手放すのは些か惜しい。そこで……空洞淵殿さえよければ、榭を本当の弟子に取り、今しばらく漢方のいろはを叩《たた》き込んでやってはくれまいか」

意外な提案ではあったが、それは空洞淵としても望んでいたことだ。何より〈虎狼狸〉騒動のため恩返しの約束をした一週間が有耶無耶になり、榭に教えてあげようと思っていた漢方のいろはをまだ伝えきれていない。だが……。

「それは……僕としては願ってもないご提案で、是非とも承りたいところではあるのですが……。でも、榭はまだ幼いですし、刑部様と過ごされたほうが――」

大人たちで勝手に子どもの前途を論じるべきではないと思い、やんわり断ろうとするが、それを見越したように榭が割って入る。

「いえ、師匠。これは私から刑部様にお願いしたのです」

「……榭が？」

「はい。郷に住む狸たちのため、というのはただの口実で、実際には私がもっと漢方を知りたいと思ったんです。是非もっともっと、漢方のことを教えてください、師匠！」

身を乗り出し、子ども特有のきらきらとした目で、希望を訴えかけてくる榭。

彼女自身が望んでいることであれば、空洞淵としても断る理由がない。

「──わかりました。刑部様、責任を持って榭をお預かりします」

「うむ、よろしくお願い申し上げる」

そう言って、隠神刑部はまたどこからともなく取り出した金の扇子を開き、満足げに扇《あお》いだ。

ちなみに榭は、隠神刑部の屋敷から伽藍堂まで通うことにした。神社での居候は、空洞淵たちに気を遣って止めるという。

「たまには神社にごはんでも食べに来なさい。穂澄も喜ぶわ」

綺翠も榭のことを気に入っていたようで、居候が減るのを惜しんでいた。

色々なことが重なったが、ともあれ……これで無事に一件落着のようだった。

もうじき、店を開けなければいけない時間になる。

そろそろ屋敷を立ち去ろうとしたところで、気になっていたことを思い出したので、空洞淵はこの機に尋ねた。

「──そういえば、刑部様」

「何だろうか？」

「自らが怪異となって、コロリを根絶しようなんてよく思いつきましたね。この手の現実改変は、〈幽世〉の原理をかなり詳しく把握していないと中々考えつかないと思うのですが……もしかして月詠あたりから入れ知恵でもされましたか？」

月詠。〈金色の賢者〉金糸雀の妹であり、これまで〈幽世〉で様々な騒動を起こしていた張本人だ。

故あって今はもう悪さを止め、旅に出ているはずだったが……。

空洞淵の何気ない質問に、隠神刑部は、いや――と首を振った。

「比良坂殿がコロリになってしまったと知ったとき、小生は自らの無力を実感していた。いったいどうすれば、比良坂殿をお救いできるかと頭を悩ませていると――見知らぬ男が現れた」

「見知らぬ男？」

「答えの出ない悩みに苦しんでいた小生は、気まぐれで男に相談を持ち掛けた。するとその男は妙に嬉しそうに、〈虎狼狸〉という怪異を生み出す計略を授けてくれたのだ。これは妙案と小生は早速実行に移し……あとは、空洞淵殿も知るところだ」

計略を授ける謎の男……。偶然が重なればそのような存在も現れるのかもしれないが、空洞淵は妙に気になった。

「どんな人でしたか？」

「それが何とも面妖《めんよう》でな」

隠神刑部は、当時のことを想起するように顎《あご》を摩《さす》りながら答えた。

「どうにも姿形を思い出すことができんのだ。思い出そうとすると、記憶に霞《かすみ》が掛かるようでな。おそらく何らかの認識阻害の術を使っていたのだろう。思い出せるのは、死を纏《まと》ったような不吉な印象と、顔を覆《おお》っていた狐の面くらいだ」

「狐の面……？」

確かにそれは面妖な出《い》で立《た》ちだ。もしかしたら知っている人かと綺翠のほうを窺うが、彼女は眉を顰《ひそ》めて首を振った。

ということは、この街の人間ではないのだろうか。

「……顔は見ていないのですか？」

「うむ。興味もなかったのでな。わかっているのは、声と体つきから、おそらく男であろうという程度だ」

街に混乱をもたらす計略を授ける狐面の男――。

不気味な存在に、空洞淵はわずかに寒気を感じた。

ただの思い過ごしであればよいのだが……生憎とこの手の予感はあまり外れたためしがない。

平穏が戻った〈幽世〉に、再び混沌《こんとん》をもたらそうとする者がいる。

「……気味が悪いわね」

不安を紛らすように、綺翠は空洞淵の袖《そで》をそっと摑《つか》む。

その手をそっと握り返しながらも、空洞淵は奥底から湧《わ》き上がる胸騒ぎを抑えることができなかった。

第二話

狐の嫁入り

1

それは梅雨の切れ間、数日ぶりに雲ひとつなく晴れ渡った日のことだった。

いつものように朝、居候《いそうろう》をさせてもらっている御巫《みかなぎ》神社から、職場である薬処の伽《が》藍堂《らんどう》までやって来た空洞《うろ》淵霧瑚《ぶちきりこ》は、店の前に何やら薄汚れた塊が転がっていることに気がついた。

遠目からでもそれなりの大きさがあることがわかる。風で布団《ふとん》でも飛んでいたのだろうかと思いながら足を進める。やがてそれが、倒れた人間であるとわかると空洞淵は慌《あわ》てて駆け寄る。

「大丈夫ですか！」

うつ伏せに倒れたその人物の肩を叩《たた》く。状態がわからない以上、下手に動かすわけにはいかない。何度か呼び掛けを続けたところで、ううん、という唸《うな》り声と共に閉じられていた瞼《まぶた》が開く。

「こ、こは……？」

掠《かす》れた低い声。男性のものだ。意識が戻ったことに安堵《あんど》して空洞淵は答える。

「ここは伽藍堂という薬処です。極楽街の端に位置しています」

「ごく、らくがい……？」

「そうです。あなたは旅の方ですか？　身体《からだ》のどこが悪いか、自分でわかりますか？」

会話ができるならば、聞き取りをするのが早い。男は苦しげに呻《うめ》いてから寝返りの要領で身体を仰《あおむ》向けに変えると、震える手を空洞淵へ伸ばす。

「……は」

「は？」

「腹が……減った……」

「…………」

どうやら空腹で行き倒れていただけらしい。何か大きな病気で倒れていたわけではなさそうなので一旦《いったん》は胸をなで下ろすが、さりとて空腹で倒れていたというのは、何とも緊張感に欠けてどういう顔をすればいいのかわからない。

とにかくこのままにしておくわけにもいかないので、男を抱え起こして伽藍堂の中まで運ぶ。ぐったりはしているものの、幸いにして身体を支えてやれば動ける程度には体力が残っていたようで、それほど苦もなく囲炉裏の前に座らせることができた。湯を沸かしつつ、空洞淵は家から持ってきた笹《ささ》の葉の包みを男の前に置いてやる。

「食べられるようなら遠慮なくどうぞ。一週間以上何も食べていないようなら、もっと消化にいいものも用意できますが……まあ、その様子なら大丈夫でしょう」

男は空洞淵と手元の包みを交互に見やってから、震える手で笹の葉を開ける。中には、昼食にと穂澄《ほずみ》が持たせてくれたおにぎりが入っていた。

「お……おおっ！」

途端、歓喜の声を上げる男。それから一切の躊躇《ためら》いを見せずに、男は両手を使って勢いよく食べ始めた。

元々小ぶりなおにぎりがほとんど一噛《ひとか》みで口の中へ消えていく。凄《すさ》まじい早さ。が、当然そのような無茶がそう続くはずもなく、すぐに男は喉《のど》を詰まらせて苦しみ始める。悶《もだ》える男に空洞淵は水を差し出す。こうなることを予想して、用意しておいたのだ。

空洞淵の手から湯飲みを引ったくるように奪い、男は水を流し込む。すぐに危機は去ったのか、男はまたおにぎりを口へ運ぶ。

食べ終わる頃合いを見計らってお茶を出してやると、男は実に美味《うま》そうに湯飲みを傾け、息を吐《つ》く。

「——ふぅ。いやはや、お慈悲をいただきまして誠にありがとうございます」

床に手を突いて一度深々と頭を下げてから、男は真《ま》っ直《す》ぐに空洞淵を見つめた。

改めて見ると、細面で精悍《せいかん》な顔立ちの好青年であることがわかる。年の頃は空洞淵よりも少し若いくらいだろうか。

行き倒れていたこともあり、食うに困るほど困窮しているのかと思いきや、薄汚れてはいるものの、立派な灰色の狩衣《かりぎぬ》を身に纏《まと》っている。頭に烏帽子《えぼし》でも被《かぶ》れば、そのまま神社の神主を務められそうな出で立《い》《た》ちだ。それなりの身分の人間のはずなのに何《な》故《ぜ》行き倒れていたのかという疑問さえ湧《わ》いてくる。

素性についてあれこれ考える空洞淵だったが、男はあっさりと身元を明かす。

「私の名は、星導篝《ほしるべかがり》。陰陽師《おんみょうじ》を生業《なりわい》としております」

「陰陽師？」

意外な職業だったので、空洞淵は思わず聞き返してしまう。

陰陽師といえば、日本では安倍晴明《あべのせいめい》などに代表される怪異の専門家だ。実際に彼らが怪異に詳しかったのかは定かでないが、少なくとも現代人の多くはそのような認識のはず。おそらく巷《ちまた》にあふれる創作物の影響だろう。

改めて思い返してみれば、巫女《みこ》に法師、祓魔師《ふつまし》や錬金術師までいる〈幽世《かくりよ》〉なのに、これまで陰陽師と出会わなかったのが不思議なくらいだ。

男――星導は、穏やかに答える。

「はい。私は、陰陽五行説と星見から森羅万象を読み解くことができます。まあ、そうは言っても当たるも八卦《はっけ》、当たらぬも八卦。生きる上での道導《みちしるべ》程度に思っていただくのが吉ですが」

爽《さわ》やかに言って、星導は再びお茶を啜《すす》る。どうやら、綺翠《きすい》たちのような祓《はら》い屋ではなく、占いの類《たぐい》で生計を立てているようだ。

「僕は空洞淵霧瑚と言います。この薬処伽藍堂で、店主代理をやっております」

「おお、薬師《くすし》様でいらっしゃいましたか」星導は嬉《うれ》しそうに手を擦り合わせる。「空洞淵先生、この度は本当に助かりました。まさしくあなたは命の恩人です。しかし……店主代理というのは、どういった訳で？　真《まこと》の御店主がいらっしゃるのですか？」

伽藍堂の事情を知らないということは、やはり極楽街の人間ではないようだ。あまり吹聴《ふいちょう》することでもないが、特別に隠しておく必要もないので空洞淵は正直に答える。

「元々この伽藍堂という薬処は、僕の先祖が営んでいたのですが……。色々あって宝《ほう》月燈《づきあかり》先生という方が店主を務められていました。もっとも、その方も今は街を離れてしまっているため、僕が店主代理をしているんです」

結局空洞淵は、まだ一度も燈先生とやらに会ったことがない。何かと名前だけはあちこちで耳にするのだけれども……。

そういえば、すっかり忘れていたが彼女は月詠《つくよみ》とも繋《つな》がりがあったようだ。月詠の目的が果たされた今、宝月燈はいったいどこで何をしているのだろう……？

ささやかな疑問を抱く空洞淵。そんな空洞淵のことなど気にも止めず、星導は興味深そうに唸った。

「ほうづき、あかり先生ですか。それはまた意味深な名前の女性ですね」

「意味深、ですか？」

「ええ。だって、鬼灯《ほおずき》といえば盆に飾る草ですよね、あの真っ赤な実がなる。確かあれは、祖霊を導く提灯《ちょうちん》代わりに飾るものだったはずです。加えて『あかり』という名前……まさしく死者を導くために存在するような方ではないでしょうか」

「――――」

それは、今まで考えてもみなかったことだが、確かに意味深長な名前と言えなくもない気はする。ただ会ったこともない人の名前にあれこれ憶測で感想を述べるのは、お世辞にも品がいいことではない。

星導もすぐに空洞淵の不快感を察したのか、

「まあ先方も、篝《かがり》なんて珍妙な名前の奴《やつ》に言われたくもないでしょうね」

と茶化して見せる。目くじらを立てるほどのことでもないと思ったので、空洞淵も気にしないことにした。

「いやはや、余計なことを言いました。忘れてください。なにぶん仕事柄、名前などには敏感なものでして」

「……そうなんですか？」

「ええ。名とはこの世で最も短い〈呪《しゅ》〉ですから」

「しゅ？」

空洞淵は漢字が変換できなかった。星導は、つまり呪《のろ》いです、と注釈する。

「名とは、モノの在り方、魂のカタチ、あるいはその方向性を規定するものです。森羅万象、この世のすべてのものには名前があります。そして名づけられたものは、どうあっても与えられた〈名〉に縛られることになる。望むと望まざるとにかかわらず、ね」

そういうものなのだろうか。抽象的すぎて空洞淵にはよくわからない。

「たとえば、大抵の人は生まれてすぐに親から〈名〉を与えられます。その〈名〉には、こうあってほしい、という親の願い、望みが必ず含まれます。つまり、その時点で本来自由であったはずの人間の魂は、縛られてしまう。もちろん、やがて成長し自我が芽生えることで親の願いや望みから脱却することはできるでしょう。しかし、それでも魂を縛られてしまうことに変わりはないですから——。これを、呪いと呼ばず何としましょう？」

名は呪い。

ならば、霧瑚という名にも、何かの願いが託されているのだろうか。

空洞淵の両親は、彼がまだ幼かった頃に亡《な》くなっているのでそれを聞く機会は得られなかった。育ての親である祖父も、名前の由来までは知らないようだったので……。

空洞淵がその願いを知る日はもう一生訪れない。

悲しいわけではないけれども……名が呪いならば、その中身を知らない自分は自由なのか、それとも生涯解けぬ呪いに掛かっているのか——。

「まあ、呪いや縛りなどというと物騒ですが、単純に影響とも言い換えられます。美しい名を付けられた者は、美しくなろう、美しくあろうと考えるものです。何も悪いことばかりではないでしょう？　この世のすべてのものは、他者からの影響を受けざるを得ないのですから、これもその一例に過ぎません。ただ、その影響の大小を重視するのが私どもの陰陽術だというだけの話です」

そう言って男はまた美味そうに茶を啜った。

名前による影響、というものはこれまであまり考えたことがなかったが、確かにそういう傾向にあるような気もする。

「陰陽術というものがよくわからないのですが……あなたは祓い屋のような何か特別な異能を持っているんですか？」

「とんでもない。私はただの人間です。あなたと同じようにね」

星導は穏やかに語る。

「言ってしまえば、占い師ですよ。陰陽道というのは、自然の観察から生まれた思想です。この世のあらゆる事象は、木、火、土、金、水という五つの要素、五行と、その陰陽……つまり裏表によって構成されている、と考えます。この陰陽五行思想が大陸から日本へ伝来し、同様にやって来た儒教や道教、仏教、さらに日本の神道《しんとう》と融合し、独自の体系として発展していったものが陰陽道です。様々な宗教思想を取り込んでいますが、本質的には宗教ではなく思想、ものの考え方になります。哲学と言ってもよいかもしれません」

哲学――物事を根本原理から統一的に理解しようとする学問だ。なるほど、話を聞いている限り、確かに宗教というよりは哲学に近いかもしれない。

それに空洞淵の漢方も陰陽五行思想の影響を強く受けているし、大陸から伝わったものが日本で独自に発展したという背景も似ており好感が持てる。

「自然現象を理解しようと試みた結果、呪術《じゅじゅつ》的な要素も含まれるようになりましたが……基本的には陰陽五行思想に天体の運行などの付加的な情報を加え、現在の世界の在り方を判断するのが陰陽師の仕事です」

朗らかな笑みを見せる星導。その表情は清々しく、どこかの法師のように腹の底で何を考えているのかわからないような怪しさはない。むしろ、笑顔になると幼さが垣間見え、人懐《ひとなつ》こい印象になる。

空洞淵は、何とはなしにこの男のことが好きになった。

「そうだ、占いといえばつい先日、不穏な話を聞きましてね」

星導は、懐《ふところ》から小さく折り畳まれた紙を取り出して空洞淵の前に開いて差し出す。

それは、一枚の浮世絵だった。

「……へえ」

思わず唸る。中々鮮烈な印象の画《え》だ。

まず目を引くのが、鮮やかな赤の色。薄暗い夜の山際《やまぎわ》が、燃えるように赤く染まっている。よく見ると赤く染まる山際には何かが列をなしており、その列は紙面の手前に向かって伸びている。浮世絵にしては珍しく遠近法を利用しており、手前まで来るとその列の内容が窺《うかが》えた。

白や黒の服を着た生き物が、二足歩行で列をなして歩いている。所々に、赤い大きな傘や提灯を持った者も見える。彼らが人間ではないのは、顔などがふわふわした白い毛で覆《おお》われていることからも明らかだ。

面長で大きな耳をした生き物——おそらく犬、もしくは狐《きつね》だろう。

全体的な色調は暗いが、どこか喜劇的な雰囲気もあり、おどろおどろしい印象は感じない。どちらかといえば、おめでたい場のようにも見える。

「これは？」

浮世絵の主題がよくわからなかったので、空洞淵は素直に尋ねる。

「『狐の嫁入り』という題の画です」

星導は画の隅を指さす。そこには確かにミミズが苦しんでいるような文字で、『狐の嫁入り』と書かれている。絵の装飾かと思って見落としていた。

だが、読めたところで意味がよくわからない。

「狐の嫁入りというのは、天気雨のことでは？」

空洞淵は率直な感想を述べる。この絵は夜であるし、ところどころに傘を差している狐の姿が描かれてはいるものの、雨が降っているようには見えないため、題名と内容が一致しないように思える。

「そうですね、それも狐の嫁入りです」星導は頷《うなず》いた。

「しかし、もう一つ意味があって、夜間の怪火《あやしび》もそう呼ばれるんです。特に列を作るような怪火は、狐の嫁入り行列だと考えられています」

なるほど、つまりこれは山際が燃えているわけではなく、提灯を持った列が手前側までずっと続いているということか。それならば、おめでたい印象も頷ける。

「でも、どうして狐なんです？　実際に、狐が嫁入り行列を作っているところを見た人でもいるんですか？」

つい先日、二足歩行の狸《たぬき》が住む集落を見ている空洞淵は、狐が嫁入り行列を作っているくらいではもう驚かない。

だが、さすがにいないと思いますよと、星導は苦笑する。

「古来、不思議なことは何かと狐のせいにされてきましたからね。天気雨を狐の嫁入りと呼ぶのも同じ理由でしょう。それにほら、怪火自体を狐火なんて呼ぶこともありますから、このように夜、山際が赤く染まっていたら、狐が何かをしていると考えても不自然ではありません。まあ、嫁入り行列云々はただの想像でしょうね。白い狐、すなわち白狐《びゃっこ》はお稲荷様の神使として有名で、お稲荷様には縁結びや子宝のご利益《りやく》もあると聞きますから」

それもそうか、と空洞淵は納得する。〈幽世〉へ来てまもなく一年が経《た》とうとしており今やすっかり順応してしまっているが、本来の空洞淵はもっと科学的に物事を考えていたはずだ。真っ当に考えれば、狐の嫁入り行列よりは山火事などの自然現象と考えるのが健全な思考といえる。

空洞淵は姿勢を正して耳を傾ける。

「実はこの浮世絵は、私が先日立ち寄ったここから北のほうにある〈隠れ里〉で入手したものなのですがね。話を聞いてみると、つい最近、近くの山が深夜に、山火事と見紛《みまが》うほど赤く染まったのだとか」

「でも、山火事ではなかったのですね？」

「はい。少なくとも里の人の話では、そのように。ちょうど梅雨の切れ間のよく晴れた日の夜だったので、すわ山火事かと騒ぎになったみたいですが……。煙もなければ、何かが燃えた痕跡《こんせき》もなかったようで、そのためこれは怪火だ、狐の嫁入りが起きたと騒ぎになっていたようです。まあ、そうは言っても、実害なども特になかったようなので、ただ不気味だと皆さん不安がっているだけでしたね。この浮世絵は、きっとそんな皆さんの不安を和らげるために描かれたのだと思います」

そういえばと、一週間ほどまえも今日のような梅雨の切れ間に雲ひとつない晴天が一日中続いた日があったことを思い出す。

助けていただいたお礼に差し上げますよ、と言われたので空洞淵はありがたくその浮世絵を畳んで懐に仕舞った。

「あれ？　でも、不穏な話って言ってませんでしたっけ？　何が不穏なんですか？」

今のところ実害がないのであれば無闇《むやみ》に怖がることもないし、よしんば本当に狐が嫁入りしていたのだとしても、それはそれで慶事のような気もする。

「原因が何であれ、山際が赤く染まるなどという滅多に起こらない出来事の発生は、陰陽道では凶事と捉《とら》えます。この手のことは、それ自体では人に害を為《な》さずとも、先々で何かよからぬことが起こる前触れと解釈するのです」

「よからぬこと……」

無意識に呟《つぶや》き、空洞淵は先日耳にしたことを思い出す。

死を纏ったような狐面の男――。

何とも意味深で怪しげな存在の出現。

月詠のあれこれが落ち着いて、これでようやく〈幽世〉にも平和が訪れると安心していた矢先、また予期せぬ騒動が起こった。

結果としてそれは解決し、悪意によって起こされたものではないことも明らかになりすべてが丸く収まっていたが……空洞淵が覚えた妙な胸騒ぎは中々消えなかった。

ひょっとしたら、再び〈幽世〉の存続を揺るがすような大きな騒動が起きるのではないか……。

胸の奥底から湧き上がる不安に、思わず生唾《なまつば》を飲み込んだところで――。

「いやなに、そんな深刻そうな顔をしないでください」

途端に星導は破顔した。

「先ほども申し上げたとおり、陰陽術なんてただの占いですから。必ずよからぬことが起きると予言しているわけではありませんよ。ただ今後の心構え程度に考えていただければ問題ありません。何事もなければ当てが外れたと笑ってください」

それから男は、よっこいしょと腰を上げた。

「すみません、すっかり長居をしてしまいました。お仕事まえで忙しいでしょうに、申し訳ありません。私はもう退散します」

「そう、ですか……」

少しだけ惜しい気持ちになるが、これ以上星導を引き留める理由もない。それに実際まもなく棡《くるみ》や患者がやって来て忙しくなるので、あまりのんびりもしていられない。

空洞淵も立ち上がり、外まで見送ることにした。

「それでは先生、御達者で。次に伺うときには、お礼の品をたくさんお持ちしますね。おにぎり、ご馳走《ちそう》様でした。とても美味かったです」

「それは何より。できればもう行き倒れないでくださいね。この季節だからよかったものの、冬ならそのまま死んでましたよ」

「ははっ、そいつは違いない」

楽しげに笑ってから、星導は姿が見えなくなるまで何度も振り返りながら去って行った。

「――さてと。今日も一日働きますか」

思考を切り替えるためにあえて声に出してから、店内へ戻る空洞淵。

しかし、胸の内に湧いた不安は、その後しばらく燻《くすぶ》り続けた。

2

星導との一件から三日が経過した。

あれから日常の特別大きな変化もなく、やはりあの不安はただの杞憂《きゆう》だったらしい、と安堵しながら日々の業務に勤《いそ》しんでいた空洞淵の元へ、奇妙な依頼が舞い込んできた。

曰《いわ》く、娘が狐憑《きつねつ》きになってしまったので様子を見てほしいという。

どうにも近頃、当たり前のように空洞淵の元へ怪異絡《がら》みの相談が持ち掛けられることが増えた気がして、またよからぬ噂《うわさ》でも流れているのではないかと嫌な予感を覚える。

数ヶ月まえには、病気でも怪異でも何でも治すという噂が街中に流れた影響でかなり大変な目に遭ってしまったこともあり、どうしても少々警戒してしまう。

仮に同様の噂が広まっても、もう空洞淵に悪影響を及ぼすことはない、と金糸雀《カナリヤ》、月詠の両人から太鼓判を押してもらってはいるものの、この世界に〈絶対〉はないのである。

さりとて、誰かが困っていると知ってしまった以上無視をすることもできない。

何より、〈狐憑き〉ともなれば……先日の〈狐の嫁入り〉の話との関係も疑ってしまい、気安く偶然と片付けられない。

一旦、厄介なあれこれは思考の隅へ追いやって、依頼を受けた翌日、空洞淵は早速綺翠と共に、その家へ向かうことにした。

ちなみに今回、楜には店番を頼んできた。空洞淵の弟子として、人々から認知された楜は、生来の生真面目《きまじめ》さと滲《にじ》み出る愛嬌《あいきょう》から大勢の患者たちに可愛《かわい》がられてすっかり人気者になっている。

さすがにまだ診察は無理だが、配置薬の予製や簡単な患者対応など任せられることも増えてきて、空洞淵としては大助かりだった。

彼女に店を委ねて、こうして気軽に往診へ出掛けられるようにもなったのだから、楜を弟子に取った恩恵は計り知れないと言える。

さて、依頼のあった家は街の居住区にある民家だった。瓦《かわら》屋根の平屋で、それなりに裕福な家庭であることが窺える。

「ごめんください」

綺翠が来訪を告げると、中から小袖《こそで》を着た大柄な男性と、割烹着《かっぽうぎ》の女性が飛び出して来た。

「まさか巫女様までいらっしゃるとは！　このような場所にまで足を運んでいただきまして恐悦至極に存じます！」

「巫女様、本日もお美しゅうございます……！」

その場に平伏しそうになる男性と女性。

「街の人々のお役に立つことが私の役目です。それに私は、こちらの空洞淵の付き添いとして参っただけですので、どうかお気になさらず」

営業用の微笑《ほほえ》みを浮かべて一歩引く綺翠。相変わらず街の人々から絶大な畏怖《いふ》と憧《しょう》憬《けい》を集めているようだ。

「――伽藍堂の空洞淵です。本日はよろしくお願いします。早速ですが、お嬢さんを診せていただけますか」

空洞淵と綺翠は、家の中へ通される。男性と女性は娘の両親で、それぞれ茂木亮二《もぎりょうじ》、緑と名乗った。年齢は二人とも空洞淵よりも少し上、三十代中頃くらいだろう。

娘の部屋は奥の座敷だった。普段は客間として利用しているそうだが、娘が体調を崩してからは娘の寝室となっているらしい。

畳に敷かれた布団の上で横になる女性の側に、空洞淵は腰を下ろした。うつらうつらしていたようだが、すぐに女性は目を開けて空洞淵に気づいた。

「初めまして。伽藍堂の空洞淵です」

「空洞淵先生……わざわざ来てくださってありがとうございます。私は、絹と申します」

女性は、覇気のない声で答える。女性というよりも、少女というほうがしっくりくるほど幼さを残した顔立ち。おそらく十五、六歳——穂澄と同じくらいだろう。

薄暗い室内でもわかるほど血色が悪く、やつれて濃い隈《くま》もできている。

病か怪異か。いずれにせよ、何かが少女を蝕《むしば》んでいることは確からしい。

ちらと一歩後ろで様子を窺う綺翠に視線を向ける。綺翠は唇を結んだ厳しい表情で首を横に振った。

綺翠は感染怪異を見抜くことができる。彼女が首を振ったということは……どうやら怪異ではなく、何らかの病であるようだ。

診察のまえに少し話を聞いておいたほうがよさそうだと判断し、空洞淵は不安げな面持ちで娘を見つめている両親に視線を向ける。

「——確か、狐が憑いたというような話をされていたかと思うのですが、いったいどのような状況なのでしょうか？」

〈狐憑き〉と、星導から先日教えてもらった謎《なぞ》の怪火現象である〈狐の嫁入り〉。時期的にも偶然とは片付けがたい状況ではある。空洞淵が今回の件に興味を持った理由の一つは、その関係を調べようと思ったためだ。

絹は、両親と顔を見合わせて気まずげに俯《うつむ》く。娘に代わり、父が答えた。

「……実は、その。体調を崩し始めて少しした頃、娘はお狐様を見たらしいのです」

「お狐様？」

「はい。それから娘は奇妙なことを始めまして……」

言いにくそうに一度言葉を切りつつ、亮二は告げた。

「夜、舞を舞うのです」

予想もしていなかった言葉に空洞淵は眉《まゆ》を顰《ひそ》める。いったい何の話をしているのか。

「舞を舞うと……何か問題があるのですか？」

「それが……本人はそのことをまったく覚えていないのです」

覚えてない？

どういうことなのかと絹の様子を窺う。絹は困ったように視線を逸《そ》らして、恥ずかしそうに答えた。

「その……どうやら眠っている間に舞っているそうで……私には本当に何が起きてい

るのかわからないのです……」

眠っている間に舞を舞う――。それは確かに奇妙な話だ。

「あまりにも見事に舞うものですから、お狐様が取り憑いて、娘の身体を操っているのではないかと不安になってしまいまして……。少しまえには、北のほうで〈狐の嫁入り〉が見られたという話も聞いていたので、心配で心配で……」

なるほど、それで〈狐憑き〉か。ようやく空洞淵は合点がいく。

愛娘《まなむすめ》がそのような状態ともなれば、両親としても不安の一つも抱くだろう。まして〈狐の嫁入り〉まで重なっていたのであればなおさらだ。

「事情はよくわかりました。とにかく診察を始めましょう」

一層の責任を感じながら、細い手首を取って脈を診る。

まず、おや？　と違和感を覚えた。

見た目は明らかに陽気が落ちているはずなのに、風邪を引いたときのように脈は妙に強く速い。だが、その割に中身がないような軽い脈でもある。あまりない不思議な脈だ。

脈診だけでは判断ができないので、綺翠に手伝ってもらって寝間着の帯を緩め腹診に移る。すると、心下に強い痞鞕《ひこう》があるのがわかった。軽く押すだけでも、強い圧痛を感じるように身を捩《よじ》る。一旦これを主証と見ていいだろう。

綺翠に着物を直してもらっている間に、問診に入る。

「今身体のどこが一番つらいですか？」

「一番……難しいです」眉を寄せながらも絹は辿々《たどたど》しく答える。「たぶん、胸が苦しくて身の置きどころがないことだと思います。上手《うま》く言えませんが……何だかすごく不安で、とても気持ちが悪いです」

「食欲はありますか？」

「全然ありません。匂《にお》いを嗅《か》ぐのも嫌なくらい」

「夜はあまり眠れませんか？」

「夜は……」

夜中に舞を舞っているためか、絹は悩むように眉を寄せる。

「……よく、わかりません。ただ、あまり眠れている気はしません。布団に入って目を閉じても、自分が眠っているのか起きているのかよくわからなくて……」

たとえ無意識にであっても、眠っている間に身体を動かしているのであればそれも仕方がない。

「具体的にいつ頃から具合が悪くなりましたか？」

「半月ほどまえだと思います。少しずつ食欲が落ちていって、胸が苦しくて……段々布団から起き上がれなくなっていきました」

半月まえならば、まさにちょうど、〈虎狼狸《コロリ》〉騒動が起きていた頃だ。梅雨特有の湿気や水の絡みという可能性もあったが、脈の感じからしても春先に穂澄が患ったような少陰病の可能性は低い。

頭の中で答えを絞っていく。

「口の中が痛かったり腫《は》れたりしていませんか？」

「あ……はい。よくわかりましたね……」

驚きながら、絹は口を開ける。綺翠に明かりを近づけてもらいながら確認すると、確かに二箇所ほど口内炎ができていた。

なるほど、と空洞淵は診察を終える。

「すぐに薬を用意して持ってきましょう」

「先生、娘は……治るのでしょうか……？」

不安そうに診察を見守っていた亮二が、恐る恐る尋ねてくる。

「やってみないとわからないですが、おそらく大丈夫だと思います」

空洞淵は正直に答える。すると両親は、顔を見合わせて安堵の息を吐く。

「そうですか……本当によかった。……ちなみになのですが、先生。どのくらいで娘は元気になるのでしょうか？」

「そうですね……。状態をみながらにはなりますが、一月《ひとつき》も薬を飲めば元の生活に戻れると思います。念のため、元気になってからもしばらくは薬を続けていただく必要があるとは思いますが」

それを聞いて、両親はますます安堵して嬉しそうにする。違和感を覚える空洞淵だったが、それより先に綺翠が急に口を開いた。

「何か、治療を急がなければならない事情でもあるのですか？」

鋭い一言。もちろん、責め立てる意図などなく彼女は純粋な疑問として尋ねただけなのだろうが、抑揚に乏しい声は必要以上に厳しく届いてしまったらしい。

両親は途端に顔を青くして弁明した。

「も……申し訳ありません……！　決して先生と巫女様を謀《たばか》るつもりなどなかったのですが……！」

どうやらやはり何か事情があるらしい。亮二は僅かに消沈した様子で続ける。

「実は……娘は祝言《しゅうげん》を控えておりまして……。嫁入りまえにこのようなことが先方に知れたら、破談になってしまうかもしれず……隠しておりました」

なるほど……そういった事情があるのならば、早く元気になってもらいたいと願うのも当然だ。だが、これがもし、絹が本当は結婚を望んでいないために、そのストレスで体調を崩してしまっているのであれば、治るものも治らない。

あまり一介の薬師が立ち入るべきことではないが、一応確認しなければならないと口を開きかけたところで、綺翠に軽く袖を引いて制される。

「ねえ、絹さん」空洞淵に代わって綺翠が髪を搔《か》き上げ形のいい耳を絹へ寄せる。「あなたが婚姻に対して思っていることがあれば、こっそり私に教えてもらえないかしら？」

少女は、照れたように頰を染めながら、何かを綺翠へ耳打ちした。しばし話を聞いていた綺翠だったが、やがて顔を離すと穏やかに微笑んで、それは素敵ね、と告げた。

詳細は後で教えてもらえばいいとしても、この様子だと結婚に乗り気ではないということもなさそうだ。

安心させるためにも、早く診察の結果を伝えたほうがよいだろう。空洞淵は、綺翠に目配せをする。すぐにその意図を読み取って、綺翠は姿勢を改めた。

「――まず、お伝えしておかなければならないことがあります」

綺翠の一言で、両親は緊張が走ったように背筋を伸ばした。

「絹さんの体調不良の原因は、怪異ではありません」

「怪異では、ないのですか……？」母の緑は、意外そうに目を丸くした。「でも、お狐様が取り憑いているとしか思えないのですが……？」

続けて綺翠は空洞淵を見やる。彼女に代わって、空洞淵は答える。

「その認識も、あながち間違いではありません。絹さんの病名は——〈狐惑病《こわくびょう》〉です」

「こわくびょう……？」

初めて聞く言葉らしく、親子は揃《そろ》っておうむ返しをする。

狐惑病——『金匱要略《きんきようりゃく》』の『百合狐惑陰陽毒病脉証《ひゃくごういんようどくびょうみゃくしょう》併治』に記された疾病《しっぺい》だ。


狐惑之爲病狀如傷寒默默欲眠目不得閉臥起不安

端的に言ってしまえば、眠いのに目を閉じても眠ることができず、言い知れぬ不安感で胸が一杯になり身の置きどころがなくなるような状態だ。食欲もなくなる場合が多い。ある種の不安神経症で、それが昔の人には狐に惑わされていると考えられたのかもしれない。

また江戸時代の漢方家、中神琴渓《なかがみきんけい》は狐惑病の臨床例として夢遊病の治療経験を書き残している。

諸々《もろもろ》が今回の例と一致している。

「――特に重要なのが、心下部の痞鞕です。これは陽気が足りなくなった結果、虚邪の上逆が起こり心下部で痞《つか》えてしまっているために起こります。口内炎なども胃の虚熱のために起こっているのでしょう」

空洞淵の説明に、親子はそれこそ狐につままれたような顔をする。

「しかし……先生。狐に憑かれたわけでもないのに、眠りながら舞いなどするものでしょうか……？」

「そうですね、十代の若い方だと時々あることなので、今のところそれほど不安を覚える必要はないと思います。たとえば幼少期から続いているものなどであれば、原因もわからず治りにくいですが、今回のように短期的な例であれば治療の効果は高いです」

そういう意味でも発症から間をおかずに声を掛けてもらえたのは幸いだったと思う。

「狐惑病の治療には、甘草瀉心湯《かんぞうしゃしんとう》という薬が利用されます。まずはそちらを試してみましょう。胸の痞えが取れれば、食欲も戻ってきて眠っている間に舞うこともなくなるはずです」

「そうですか……！」

今度こそ心底安心したように亮二と緑は、息を吐いた。狐憑きではない、とわかっただけでも安心できたのだろう。

一旦治療方針に目処《めど》は立った。綺翠の見立てどおり、これが怪異でないのであれば、ひとまずは安心しても大丈夫なのだが……それでも空洞淵には、どうしても気掛かりなことがあった。

先の〈狐の嫁入り〉現象の直後に、〈狐〉と〈嫁入り〉の双方に関わる問題が起こったことが、どうしても偶然とは思えないのだ。

「ちなみに絹さん。狐を見た、というのはどこで見たのですか？」

「それがその……今思えば現実のこととも思えないのですが、お狐様は夢枕《ゆめまくら》に立たれまして……」

「夢で見た、ということですか？」

絹は曖昧《あいまい》に頷いた。

「……よく、わかりません。あのときはもう、夜も眠っているのか起きているのかわからない状態で……。ただ、そのお狐様は綺麗《きれい》な白い毛並みをしていて……私をじっと見つめたあと、とても美しい女の人の姿になって舞を舞いました。それがすごく素敵で……もしかしたら、私が舞っていたのもそれを見様見真似《みようみまね》で再現したものなのかもしれないと、思っています」

――白い狐が美女に変化《へんげ》して舞を舞った。

如何《いか》にも何か裏がありそうな話だ。絹が夢遊病で舞い出したのがその直後なのであれば、狐を見た一件が少なからず影響していると考えていいだろう。

もちろん、すべてが彼女の夢の中の出来事であった可能性は否定できないが……それを含めて、もう少し調査を進めてみるのがよさそうだ。

今後の方針を定めつつ、空洞淵と綺翠は茂木邸を後にする。

外は生憎《あいにく》の雨模様。梅雨はもうしばらく続きそうな気配だ。

夕暮れで早くも薄暗くなり始めた雨空の下、空洞淵と綺翠は大きめの傘を一つ差し、肩を寄せ合って歩く。

何故一つの傘に二人で入っているのかと言えば、出掛けに空洞淵がいつも使っている傘が風で壊れてしまったためだ。

行き倒れた旅人に分け与えたために昼食を食べ損なったり、お気に入りの傘が壊れたりと、最近何かと運がなく気が滅入《めい》ってしまったが、綺翠の、

「それじゃあ、一緒の傘で行きましょう」

という鶴《つる》の一声ですっかりいつもの調子に戻った。

我ながら単純だと呆《あき》れるばかりだったが、一つ屋根の下に住んでいるとは言っても、綺翠と二人だけで過ごせる時間は意外と少ないので、こういう機会はどうしても胸が弾んでしまう。

決して一緒に住んでいる穂澄が邪魔なわけではないけれども、それとこれとは話が別なのである。

いつもよりも歩調を緩めて、泥濘《ぬかる》んだ道を進む。

お互いあまり喋《しゃべ》るほうではないため、必然的に沈黙の時間が多くなってしまうが、二人だけのときはその沈黙さえも心地よい。

空洞淵も、そしておそらくは綺翠も、この刹那《せつな》の幸福を愛していた。

パラパラと、傘に雨が当たる。

「――ねえ、空洞淵くん」

不意に綺翠が口を開く。

「絹さんの結婚相手ね、彼女の幼馴染《おさななじ》みなんですって」

「幼馴染みってことは、知らない仲じゃないのか」

「ええ。それどころか、子どもの頃からずっと大好きだったから、結婚の申し出を聞かされたとき、嬉しすぎて泣いてしまったくらいだって」

「へえ……素敵な話だね」

少し当てが外れて、空洞淵は素直に感心の声を上げる。

てっきり婚姻自体に不満はないものの、相手方のことをよく知らないために不安が募り、それがストレスとなって不眠症を発症してしまったものと思っていたが……。

相手のことをよく知っており、かつ相思相愛であるならば、ストレスが原因で不眠症になってしまったとは考えにくそうだ。

どうにも事はそう単純ではない——と考え込む空洞淵を余所《よそ》に、綺翠はどこかうっとりとした表情で続ける。

「私はまだ結婚を申し込まれたことがないから、絹さんの気持ちは正直よくわからないけれども……好きな人と結ばれることが、泣いてしまうほど嬉しいものならば——少し憧《あこが》れるわね」

「…………」

上手い返しが思いつかず、空洞淵は黙り込む。

別に綺翠も、今すぐに結婚を申し込めと言っているわけではないことくらいは空洞淵も理解しているが……さりとてこの状況で、「そうだね！」と安易に同意を示せるほど向こう見ずでもない。

結婚の申し込みなどという神聖なものは、もっと然《しか》るべき時機を見計らって行うべきだ。まして相手は、〈幽世〉における最重要人物の一人なのだから……それこそ事はそう単純ではない。

……まあ、それもまたただの言い訳なのだけれども。

「――期待してるわね、空洞淵くん」

意味深な視線を向けられた空洞淵は、

「……前向きに善処します」

と駄目な政治家の答弁のような返ししかできなかった。

3

その後の調べで、どうにもこれは絹だけの特別な状況ではないことが明らかとなる。

というのも、嫁入りを控えた十代の娘が夢遊病で舞を舞うという例が、他に二件も報告されたためだ。もちろん、いずれも怪異ではなくただの疾病のようだった。

やはりこれは偶然ではなく、何らかの必然によって起きていると考えるべきだろう。

だが、必然なのだとしても、特殊な疾病が同時多発的に起こるという状況は正直よくわからない。夢遊病自体、決して多いとは言えない疾病だというのに、さらに全員が綺麗な舞を舞い、かつ結婚を控えているというのは、似通いすぎていた。

おまけに皆が、夢枕に白い狐が立ったと主張している。偶然に同じ夢を見たとも考えにくい。

どう贔屓目《ひいきめ》に見ても、この白い狐が悪さをしているとしか思えない。

また、街では先の〈狐の嫁入り〉が少しずつ話題になり、人々の不安を駆り立てていた。火事でもないのに夜間に山際が赤く染まれば、それは皆不安を覚えるだろう。

星導が言っていたとおり、これは何かの凶兆なのか。

わからないことだらけで頭を悩ませる空洞淵だったが、対して綺翠は、

「空洞淵くんの薬はよく効いているみたいだし、しばらく様子見でもいいのではないかしら。感染怪異でもないし、噂が広がったところでどうにかなるようなものでもなさそうだし」

と、楽観的な結論を出していた。確かに綺翠の言うとおりではあるのだけれども……。普段の綺翠であれば、現状がどうであれせめてその原因は探ろうとしそうなも

のだ。なので、そう考えた理由をもう少し突っ込んで聞いてみる。

「――そもそも白い狐は、稲荷神《いなり》の使い、あるいは稲荷神そのものに同一視されることもある神獣なの。稲荷神はその名のとおり稲を象徴する豊穣神《ほうじょう》。神事では五穀豊穣を願い狐の面をつけて神楽《かぐら》を舞うこともあるほどよ。つまり〈狐の舞〉それ自体に悪い意味はないはずなの。むしろ人々に幸福をもたらすおめでたいものとさえ言ってもいい。また稲荷神は豊穣神という生活にとても密着した神様だから、自然と五穀豊穣以外にも商売繁盛《はんじょう》や子孫繁栄、縁結びなど様々な日常的な願いも懸けられるようになった。だからある意味、人々にとって最も身近な神様の使いである狐が、女の子たちに害意を持つとも思えなくて……」

確かに巫女である綺翠にとって、狐というのは身近な怪異の一つなのだろう。それゆえに下手に疑いたくないという彼女の気持ちもとてもよくわかるが……さりとて問題になっている狐が、必ずしも神道に属する類の怪異であるという保障もない。神道と何の関係もない狐の怪異であったならば、その善性の根拠も無に帰すわけだ。

だからやはり本来の綺翠であれば、もう少し調べてみようとするはずで、斯様《かよう》にすぐ手を引いてしまった現状には違和感が残る。

もちろん、綺翠が大丈夫と言っている以上、それは何らかの確信があってのことだとは思うので、怪異の専門家でもない空洞淵が気を揉《も》む必要などないのだけれども……それでもどうしても空洞淵はこの一件が気になってしまう。

ちなみに絹も他の二件の女性も薬を飲み始めて数日で見事に奏効して、夢遊病の症状が落ち着いた。

空洞淵が思っていたとおり、それほど根の深い症状ではなかったようだ。患者もその家族たちも大喜びだったので、空洞淵も嬉しかった。まだ安心するのは早かったので、薬は続けてもらっているけれども、これ以上悪化する心配はないだろう。

ともあれ一旦《いったん》、〈狐憑き〉騒ぎは沈静化した。

残ったのは空洞淵の気がかりだけ。

沈静化することは大変好ましいことではあるが、新しい調査をする上では情報が手に入らなくなってしまうため少々都合が悪い。

さて、これからどのようにして調べていこうかと頭を悩ませていた、そんなある日のこと。

長雨の影響で、すっかり客足の途絶えてしまった伽藍堂にて、楜に漢方のあれこれを教えていたとき、意外な来客があった。

「やあやあ、どうも旦那《だんな》。ご無沙汰《ぶさた》しております」

戸を開けて店内に顔を覗《のぞ》かせたのは、黒衣に濃紫《こむらさき》の袈裟《けさ》を付けた法師ふうの男。

知人の祓い屋である、釈迦堂悟《しゃかどうさとる》だった。

「ちょいと近くまで来たもんで、ご挨拶《あいさつ》にと寄ってみたのですが……今、お時間大丈夫ですか？」

釈迦堂はいつものように信用ならない笑みを貼《は》りつけて言う。普段はこちらの都合などお構いなしに上がり込んでくるのに、今日は妙に下手に出ている。

こういうときは何かよからぬ相談事があるに決まっているので、忙しいと追い返してしまうのが正しいのだろうが、それはそれで気が引ける。

「……今は患者さんもいないし、比較的暇だから上がっていいよ」

「やや、さすがは旦那！　相変わらず御仏《みほとけ》の如《ごと》き心の広さですね！」

いいように胡麻《ごま》を擦りながら、釈迦堂は店に上がってくる。

「おや、そちらが噂のお弟子さんですか」

板の間に正座をしながら、不思議そうに来客を見つめていた少女に猫なで声を掛ける法師。

「初めまして、可愛らしいお嬢さん。私は釈迦堂悟という、まあ、言ってしまえば空洞淵の旦那の親友のような存在です。こいつはお近づきの印にとお持ちしました。旦那と一緒に召し上がってください」

釈迦堂は持っていた風呂敷《ふろしき》から、菓子折を取り出して榊に渡す。

「師匠の御親友の方でしたか。ご丁寧にありがとうございます」真面目な榊は礼儀正しく頭を下げる。「私は、榊と申します。何とぞよろしくお願い申し上げます」

素直で純粋な榊は、何でもすぐに真正面から受け入れてしまう。あとでちゃんと、親友ではなくただの知人であると伝えなければならない。

榊は、どうしましょう、という顔で空洞淵を見る。いいよ、と頷いてみせると、彼女は菓子折を開けて歓声を上げた。

「わあ、最中《もなか》ですね。師匠、これ今街で大人気なのですよ。いつもお店には長い行列ができていると耳にしました」

「おや、さすがは榊殿、お目が高い。まさしくその最中は、私が雨の中半刻《はんとき》ほど並んでようやく手に入れた逸品です。しかもほら、この時期最中は皮が湿気《しけ》りやすいというのにまだサクサクでしょう？　ちょうど折よく出来立てを手に入れることができたので、ここは是非とも親友として空洞淵の旦那に差し入れに行こうと思い、今に至る次第です。そこのところを、よくあなたの師匠にも私の気持ちが伝わるようにお話ししてあげてください」

「……いや、聞いてるから大丈夫。わざわざありがとうね」

恩着せがましい言いように辟易《へきえき》しながらも、実際に手間を掛けてくれたことは事実なのだから無碍《むげ》にはできない。

最中はちょうど三つ入っていた。一つは榊にあげるとして、もう二つは神社へ持って帰ってあげようとも思ったが、夏場のあんこは足が早いし、何より持って帰る頃には生地も湿気ってしまって美味《おい》しく食べられないだろうと判断して、ここにいる三人でお茶を飲みながらいただいてしまうことにする。

まあ、それもまた釈迦堂の計算なのだろうけれども……綺翠たちには、また折を見て買っていってあげよう。

囲炉裏を囲みながら、三人で最中を頬張る。この街の住民は基本的に皆舌が肥えているので、流行《はや》っているものは大概美味《うま》いが、こちらの最中もその例に漏れず滅法美味かった。

餡《あん》の甘さと皮の軽さが絶妙で、いくらでも食べられそうだ。

熱い緑茶で皮に水気を吸われた口の中を潤《うるお》したところで、ようやく本題に入る。

「――で、釈迦さん。きみがわざわざ用もないのに菓子折を持ってここへ挨拶に来るなんてことはないだろう。いい加減、用件を聞かせてもらおうかな」

「そんな、旦那！　滅相もない！　私はただ、久々に旦那の顔が見たくてお邪魔しただけでして――」

「じゃあ、顔も見たことだしそろそろお開きにしようか。僕らはこう見えて多忙なんだ」

「いえ、すみませんでした！　本当のことを話すので、今しばらくお時間を！」

立ち上がろうとしたところを縋《すが》りつくように止められる。よほどのっぴきならない事情があるらしい。

仕方なく座り直して釈迦堂の言葉を待つ。

「……ちょいと小耳に挟んだんですがね。旦那、寝ながら舞を舞う娘を治療されたそうですね……？」

釈迦堂からの話題としては意外なものだ。三件も連続したのであれば、噂になっていてもおかしくはないと思うけれども……何故《なぜ》そのことを祓《はら》い屋である彼が気にしているのか。

「一応まだ治療の途中ではあるけど……それが何か？」

「実はちぃとばかり事情がありまして……もしよろしければ、詳しくお話を聞かせてはいただけませんか」

拝み手で頭を下げられるが、事情なら空洞淵にもある。

「申し訳ないけど、患者の個人的なことは答えられないよ」

「もちろん、名前だ何だと、根掘り葉掘り聞き出すつもりはありません。ただ、どうしても気になっていることがいくつかありまして……。旦那が治療なさったということは、やはり怪異ではなく何らかの病だったということなのですか……？」

何だかんだと掘り下げられてしまうが、まあ、これくらいは構わないだろうと思い正直に答える。

「怪異ではなかったね。それは綺翠も確認してる」

「巫女《みこ》殿が怪異ではないとおっしゃるのでしたら、それは事実なのでしょうけれども……」どこか煮え切らない様子で腕組みをする釈迦堂。「ただ、それがこのところ複数箇所で起こっているというのがどうにも解《げ》せなくて……」

それはずっと空洞淵が頭を悩ませていたことでもある。

「ちなみに旦那は、近頃よく耳にする〈狐の嫁入り〉の噂をご存じですか？」

「何か北のほうで、深夜に山が燃えて見えたって話だよね」

「まさしく。そんな不穏な噂が流れると同時に、嫁入りを控えた娘たちが狐に唆《そそのか》されて夜間に踊り出すなど、偶然とは思えません」

「狐に唆されて？」

不思議な表現に空洞淵は首を傾《かし》げる。少なくとも、患者たちは狐を見ただけで唆されたとは言っていないはずだが。

そこで釈迦堂は、しまった、という顔をする。

「い、いえ……言葉の綾《あや》です。唆されるなんてそんな……喋る狐などいるはずないではありませんか」

慌《あわ》てたように言い繕うが、それは通らない。

「楜は狸だよ。喋る狸がいるんだから、喋る狐もいると思うけど」

「……」

驚いたように楜を見やる釈迦堂。当の楜は、我関せずととても幸せそうに最中を食べている。

空洞淵は黙って釈迦堂を見つめて待つが、やがて観念したように諸手《もろて》を挙げた。

「……わかりました、すべて白状します。やはり旦那に誤魔化しは利《き》きませんねえ」

ズズと、茶を啜《すす》り、釈迦堂は姿勢を改める。

「旦那は、うちの寺に狐がいることをご存じですか？」

「三大神獣の一角が寺に、って話なら知ってるけど」

「そうです、それです」釈迦堂は指を鳴らした。「途轍《とてつ》もなく強大な怪異で、大昔は〈幽世〉を滅茶苦茶《めちゃくちゃ》にするのではないかというほど大暴れをしていたらしいのですが……。当時の寺の和尚《おしよう》様に懲《こ》らしめられ、以来寺に縛り付けられたのです」

「縛り付けられた？　それは縄のようなもので物理的に？」

「いえ、霊的にです。寺という場所から出られなくなった、と言い換えればわかりやすいでしょうか。ともあれ狐は、〈幽世〉で悪さができないようになり、平和が訪れていたわけなのですが……。それがどうやら近頃、こっそりと寺を抜け出しているのではないかという疑惑が持ち上がりまして」

「こっそり抜け出せるものなの……？」

霊的に封印され、寺から出られないのではなかったのか。

しかし、釈迦堂は自信なさげに、出られないはずなのですが……、と続ける。

「夜中に舞い出す娘たちの前に現れたという狐が、どうにもウチの狐としか思えなくて……」

「白い狐だっけ。珍しいの？」

「珍しいなんてもんじゃないです。白狐《びやっこ》といって、妖狐《ようこ》の中でも神格化された大物ですよ。神道《しんとう》ではほぼ神様の扱いになりますので、〈神獣〉として恐れられている次第です。少なくとも私は、ウチの狐以外の白狐を知りません」

言われてみれば、空洞淵もよく知る所謂《いわゆる》お稲荷様は、一般に白い狐として描かれることが多い。そういうものかと気にも止めていなかったが、確かに白い狐というのは、特別な存在だ。先日の星導もそのようなことを言っていた気がする。

「でも綺翠は、狐は最も人々の生活に密着した神の使いだから、人に悪事を働くようなことはしないって言ってたよ」

「え、巫女殿がそんなことをおっしゃってましたか？」

意外そうに目を丸くする釈迦堂。「そりゃ、ちゃんと信仰を集められている狐はそうでしょうよ。でも、そうじゃない狐だってたくさんいます。そいつらは悪いことも悪戯《いたずら》もよくしますよ。狐なんて憑きもの筋の最たるものでしょうに」

そういえば、先日楜を助けたとき、動物には注意しろと言われた際に狐の名前も挙げられていた。ならばやはり、狐は必ずしも安全な怪異ではないことになるが……それにしては綺翠は安全を確信したように妙に落ち着いていた。どうやら空洞淵には語っていない何らかの事情があるようだ。

「それに件《くだん》の白狐は、舞うのでしょう？　ウチの狐もその昔、見事な舞で男たちを虜《とりこ》にしては様々な悪事を働いていたと聞き及んでいるので、現状とも符合します」

狐の舞に悪い意味はないから大丈夫と言っていた綺翠の結論に反する主張だ。

考えたところで今は答えも出ないので、空洞淵は話を進める。

「でも、寺の狐がそこに縛り付けられて出られないのなら、別人なのでは？」

今までの話を聞く限りでは当然の疑問だ。いくら珍しい怪異と言っても、寺から出られないのであれば、街で悪さをすることは不可能なはずだ。

「常識的に考えたらそうなのですが……」気まずげに釈迦堂は後頭部を掻く。「実は今、ウチのお師匠様が修行の旅に出ていまして、それで寺の結界が一時的に弱まってしまっているのです。私程度の法力では、まかないきれないほど強固な結界なもので……。その上で、時機を見計らったかのように街では白い狐を見たなんて話が出たもののですから、何かやらかしているのではないかと不安になった次第です」

なるほど。確かにそれだけ偶然が重なったのならば、最悪の想定をしても致し方ないと言える。

「狐本人に話は聞いてみたの？」

「もちろん。ですが、知らぬ存ぜぬとのらりくらり……。正直、私はあの女狐が苦手なので強く詰問《きつもん》することもできず、仕方なく外堀から埋めていこうとあれこれ調べているのです。ああもう……早く解決しないとお師匠様が修行から戻ってきてしまいます……。留守を任されているというのに、こんなことがバレたらえらいことに……」

恐ろしい記憶でも過《よぎ》ったように、自らの肩を抱いて震える釈迦堂。慇懃無礼《いんぎんぶれい》で面《つら》の皮が厚いことに定評のある釈迦堂が、これほどまでに何かを恐れているところを見たのは初めてで新鮮だった。傍若無人なこの男にも、苦手なものはあるらしい。

少なくとも今回の件は、釈迦堂に落ち度があるようにも思えないので、些《いささ》か気の毒にも思えるが……さりとて現状、空洞淵にできることなど何もないので、どうにか彼に頑張って真相を調べてもらうほかない。

そう結論づけて項垂《うなだ》れる釈迦堂を眺めていた空洞淵だったが、急に何か妙案を思いついたように法師は顔を上げてにじり寄ってきた。

「そうです！　旦那も一緒に話を聞いてやってください！　目敏《めざと》い旦那なら、彼奴《きやつ》が嘘《うそ》を吐《つ》いているかどうかも見抜けるはず！」

何やら面倒事に巻き込まれそうな気がしたので、空洞淵は顔をしかめる。

「申し訳ないけど、僕にできることはないよ。狐の件は確かに気になるけど……そっちの問題なら、薬師《くすし》の僕がわざわざ首を突っ込むのも変だし……。何より僕だってそれなりに忙しいんだ」

「そこを何とかお願いします！　親友を助けると思って！」

「親友とは思ってないんだけど……」

「後生ですから！　ウチの師匠、怒ると本当に滅茶苦茶怖いんです！　あの鬼婆《おにばば》ほど恐ろしい存在など、〈幽世〉に存在しません！　折檻《せっかん》でもされて死んだ日には、もう毎晩旦那の枕元に立って読経《どきょう》しますからね！　いいんですか！」

そんな大げさな、とは思うものの、釈迦堂の目は涙ぐんでおり、少なくとも冗談や演技などではないことが窺《うかが》える。

空洞淵はまだその師匠とやらに会ったことがないので、どの程度彼が本気で恐れているのかはよくわからなかったが、ここまで弱り切った釈迦堂を見捨てられるほど薄情ではない。

しばしの逡巡《しゅんじゅん》の後、空洞淵はため息を吐く。

「……わかったよ。役に立てるかはわからないけど、ちょっとだけ話を聞きに行こうか」

「さっすが旦那！　御仏の如き慈愛！」

心底嬉《うれ》しそうに空洞淵の手を握り、釈迦堂は立ち上がる。

「それでは、早速参りましょう！　榭殿、旦那を少々お借りしていきます！」

「ちょ、釈迦さん、そんなに急がなくても――」

手を引かれてそのまま外へ連れ出される空洞淵。

背中から、行ってらっしゃいませ、という榭の朗らかな声が聞こえた。

4

極楽街の東寄り、街から少し離れたところに金剛山《こんごうさん》と呼ばれる山がある。標高自体は高くないが、如何せん一切の手入れがなされておらず、その山道は木々が生い茂り大変に険しい。そのため街の住人はあまり近寄ろうともせず、気軽に踏み入ってはならないある種、霊山のような扱いになっている。その山頂に、釈迦堂が僧籍を置く寺はあるという。

釈迦堂に連れられるまま街を外れ、金剛山の中腹から続く長い石段を上っていく。御巫神社へ続く道にも石段があるが、こちらはその数倍の長さがありそうで、毎日神社の石段を上り下りして身体《からだ》を鍛えているはずの空洞淵でも半分ほど上っただけで息が切れてしまう。

長雨に濡《ぬ》れた石段が滑りやすいのも、疲労がたまる原因の一つになっている。

「まもなくですので、頑張ってください」

気安く声を掛ける釈迦堂は、息一つ切らしていない。以前、体力には自信があると言っていたが、なるほどこれならば納得だ。

重たい足を引きずるようにして何とか上りきると、その先には、古びていながらも立派な山門が立っていた。

くるりと振り返った釈迦堂が、いつもの信用ならない笑みを顔に貼りつけて言った。

「ようこそ我らが僧舎――泰雑寺《たいぞうじ》へ。歓迎しますよ、旦那」

呼吸を整えながら山門を潜《くぐ》ると、真っ直ぐ伸びた参道の先に本堂が見えた。鈍色《にびいろ》の瓦屋根を載せた重厚感のある造りで、曲線の多い有機的な細工がとても優美だ。本堂の前には苔生《こけむ》した石灯籠《いしどうろう》が静かに佇《たたず》み、威厳と風格を醸《かも》している。

仏教には詳しくないので、どの宗派から派生したものかということはわからないが、少なくとも〈現世〉から分かたれた三百年の間で、大きく変貌《へんぼう》を遂げているわけではないようだ。

釈迦堂が、仏門にいながら酒も煙草《たばこ》も博打《ばくち》も女遊びもしているものだから、どれだけ堕落した寺なのかと不安な気持ちもあったが、単純に釈迦堂が堕落しているだけらしい。

安堵《あんど》していたところで、本堂の軒下に草色の作務衣《さむえ》を着た人影が見えた。寺の修行僧だろうか。その人物は壁に背中を預けてぼんやりと空を眺めている。

あいつはまた——、と珍しく苛立《いらだ》たしげに独り言を呟《つぶや》いた釈迦堂は、ずかずかとその人物に歩み寄る。

「おい、玲衣《れい》！　おまえはまたそんなところで怠けて！」

「おっ、兄弟子お帰りー」

玲衣と呼ばれた修行僧は、何とも気の抜けた様子で手を振って見せた。

「今日は早いね。てっきりまた朝帰りかと思ってたよ」

「ええい、話を逸らすな。おまえ、本堂の雑巾《ぞうきん》掛けは終わったのか」

「まあ、ぼちぼちかな。なんか梅雨の時期は眠くなっていけないや。あれ？　そちらはお客さん——って、先生じゃん、久しぶり！」

玲衣は空洞淵の姿に気づくなり、嬉しそうに破顔した。空洞淵も思わず微笑み返す。

「久しぶりだね、玲衣。元気そうでよかったよ」

玲衣は、以前ちょっとした騒動で知り合った、瑞々《みずみず》しい黒髪と可愛《かわい》らしい顔立ちが特徴的な人物だ。出家したとは聞いていたが、こうして会うのは久しぶりだ。綺翠の話では、数ヶ月まえに空洞淵が一時的に〈幽世〉を離れていた際、神社へ応援に駆けつけてくれていたそうだが、そのときには空洞淵の帰りが深夜になってしまったこともあって、会えず終《じま》いだった。

「こら！　世俗の方には敬語を使えといつも言っているだろう！……すみません、旦那。弟弟子がご無礼を……」

釈迦堂は玲衣の後ろ襟を掴《つか》み上げて無理矢理隣に立たせると、力尽くで頭を下げさせた。普段の釈迦堂のほうがよほど無礼を働いているので、敬語を使わないくらいどうとも思わなかったが、玲衣の教育のためを思い、素直に謝罪を受け入れる。

それにしても、弟弟子の教育をしている釈迦堂というのはいつもの勝手気ままな様子と異なり、どこか苦労が多そうで新鮮だった。弟弟子の教育を通じて、是非、自らも成長してほしいところだ。

「玲衣、修行は大変かい？」

空洞淵が尋ねると、玲衣は苦笑した。

「そりゃ、これまでの引《ひ》き籠《こ》もり生活と比べたら大変だよ。でも、毎日いろんな気づきがあって、すごく勉強になる」

一年ほどまえ、初めて会ったときと比べると幾分凛々《りり》しくなったようにも見える。早くも修行の成果は出始めているようで、これも兄弟子のおかげか、と知人の評価を少しだけ改めてやる。

「やれやれ……旦那もあまりこいつを甘やかさないでください。ただでさえ、お師匠様に甘やかされてこんな調子なんですから」

　口を曲げる釈迦堂。色々と苦労しているらしい。

「それより、玲衣。楠姫《くすひめ》を見なかったか？」

「楠姫姐《ねえ》さんなら、今は庫裡《くり》じゃないかな」

「庫裡？」と空洞淵。

「ようするに厨《くりや》ですよ」釈迦堂は答えた。

　厨——つまり台所だ。食事の支度をしているということだろうか。

　こちらです、という釈迦堂に従って、空洞淵は境内を歩いて行く。

「ウチの庫裡は、僧堂と寺務所も兼ねています。私や玲衣の住居ですね。母屋《おもや》のようなものだと思っていただいて構いません」

　ふうん、と返事をしたところで、境内の隅に不自然な石の塊が置かれていることに気づく。大きさは空洞淵の背丈ほどあり、塚のようにも見える。

「釈迦さん、あれは？」

　空洞淵の声に足を止める釈迦堂。視線を移して、ああ、と事もなげに答える。

「あれは殺生石《せっしょうせき》だそうです」

「殺生石？」

思わずおうむ返しをしてしまう。

殺生石といえば、九尾の狐《きつね》の化身であった玉藻前《たまものまえ》が姿を変えた石のことだ。毒を発して生き物の命を奪うことからそう呼ばれていたそうだが……そんな物騒なものがこんな寺の隅に置かれていていいものなのか。

「大丈夫ですよ、害などありません」釈迦堂はまた歩き始める。「私がここへ来たときからずっと置いてあります。子どもの時分には、よじ登って遊んだりしていましたが、ご覧のとおりピンピンしています。まあ、お師匠様には滅法怒られましたが」

「……殺生をしないのに殺生石なの？」

「そのようですね。詳細な来歴などは存じ上げませんが、先代の和尚様のときからあるそうです。どうやら力を持った妖狐は、死に際《ぎわ》、石に姿を変えることがあるようで……。その頃すでに寺にはウチの狐がいたでしょうから、おそらく当時の和尚様が妖狐退治の専門家とでも思われて引き取ったとか、そのようなところでしょう。隅に置いてあるので邪魔にもなりませんし、あまり気になさらず」

妙に気掛かりではあったが、置いて行かれては堪《たま》らないので、一旦余計な思考を振り払って釈迦堂のあとを追う。

瓦《かわら》屋根の古びた一軒家のような建物の軒下で傘を閉じると、釈迦堂は中へ上がっていく。空洞淵もそれに続く。

一般的な厨よりも、土間が広く竈《かまど》も多い。一度に大人数の調理を行えるように、広く造られているのだろう。

その中で着物に西洋ふうの白いエプロンドレスを身につけた女性が一人、忙しそうに料理をしていた。

「――楠姫、ただ今戻りました」

釈迦堂の声で、女性はしなやかに振り返る。それから、手ぬぐいで手を拭《ふ》きながら急いで駆け寄ってくる。

「悟様、お帰りなさいませ。本日もお勤めご苦労様でございます」

手を揃えてお辞儀をする女性。あまりにも見事なお辞儀に見とれてしまう。

頭を上げた女性は、釈迦堂の後ろに控えていた空洞淵に気づく。

「おや、そちらの方は……？」

「こちらは、薬師の空洞淵先生です。私の大切な友人なので丁重におもてなししてください」

釈迦堂は横に一歩ずれる。

「空洞淵霧瑚と言います。突然お邪魔してすみません」

自己紹介をすると女性は驚いたような顔をし、次いで興味津々《しんしん》な様子で目を輝かせて身を乗り出した。

「まあ！　では、あなた様が街で話題の薬師様なのですね！　こんな山奥までようこそいらっしゃいました」

女性は被《かぶ》っていた三角巾《さんかくきん》を外し、改めて告げる。

「申し遅れました。此方《こなた》は、楠姫というしがない狐の女中でございます。何なりとご用をお申し付けください」

随分と礼儀正しい女性だ。これが件の白狐……？　釈迦堂の話から、もっと荒々しい人物を想像していたけれども……如何にも温厚な好人物のように見える。

朝露に濡れるひなげしのように可憐《かれん》で落ち着いた佇まい。

特徴的なその白髪が年長者を思わせ、一層穏やかに見えるのかもしれないが、外見的には二十代後半と大変若々しい。

白狐という怪異であると説明されていたので驚きはしなかったが、新雪のような瑞々しい白い髪は、神秘的な印象を際立たせている。

〈白銀の愚者〉こと月詠《つくよみ》の髪も似たような色合いだが、あちらは白に近い金色で、不思議な艶《つや》がある。

対してこちら、楠姫のものはすべての色を反射する完全なる白。

その無垢《むく》な色は、しとやかさと清らかさを表現しているようで、目の前の女性をより清楚に見せている。

どう見ても、大暴れをしていた悪い怪異とは思えない。

半ば見蕩《みと》れるように楠姫を見つめることしかできない空洞淵。

透きとおった深い黄金色の瞳《ひとみ》が堪らなく魅力的だ。

何故か心臓が高鳴り、体温が上昇してくる。楠姫のくるりとした丸い瞳から目が離せない。顔が熱い。胸が甘く締めつけられる。

空洞淵は自分の変化が理解できなかった。まるで目の前の女性に一目《ひとめ》惚《ぼ》れをしてしまったような――。

「――こら楠姫！　先生を〈魅了〉するんじゃやない！」

珍しい釈迦堂の叱責《しっせき》。そこで空洞淵はようやく我に返った。

何が起こっていたのかもわからず戸惑う空洞淵。そんな彼を見て楠姫は、意味深に微笑《ほほえ》んだ。

「申し訳ありません、空洞淵様。あまりにも素敵な方だったのでつい」

薄桃色の唇の隙間《すきま》からちろりと赤い舌を覗かせて、楠姫はすぐにしおらしい居住まいに戻る。

「悟様、客間のほうでお待ちください。すぐにお茶をお持ちしますので」

「——頼みます」

如何にも不満げな渋い顔でそう言ってから、旦那こちらです、と釈迦堂は楠姫に背を向けて歩き出した。空洞淵もそれに続く。

廊下を歩きながら、釈迦堂は幾分声を落として言う。

「……先ほどは失礼しました。あの女狐、性根が悪いものですから、新しい玩具《おもちゃ》を見つけるとつい弄《もてあそ》んでしまうのです」

「よくわからないけど……僕が何かをされたことだけはわかるよ」

あの一瞬で何故か異様に気疲れしてしまった。妖術だろうか。

「あれは妖狐の類《たぐい》が持つ、〈魅了〉という異能です。真正面から目を見たら、一瞬で心を持って行かれます。……すみません、事前にお伝えしておくべきでした。でも、さすがは旦那ですね。〈魅了〉されつつも正気を保っていられる者はそうそういません。何しろ妖狐の〈魅了〉といえば、時の権力者に使用して一国を滅ぼすこともあると言われるほど強力な妖術です。事実〈幽世〉へ来るまえ、楠姫は敵対する二国の権力者を同時に誑《たぶら》かしてぶつけ合うという地獄のような遊びをしていたと聞き及んでいます。普通ならばあの時点で楠姫を押し倒していても不思議ではありませんでした」

自分が鈍感なだけなのか、それとも綺翠が作ってくれたお札をいつもお守りとして持っているおかげで加護があったのかはわからなかったが、大事にならなくてよかったと胸をなで下ろす。

「……でも、〈魅了〉なんかして、いったい何が目的なんだい？」

「さあ、ただの暇つぶしでしょう」

普段飄《ひょう》々《ひょう》としているばかりの釈迦堂だが、今日は妙に苛立たしげだ。

客間に腰を落ち着けてようやく一息吐いてから、彼は続ける。

「ともあれ、アレは我々人間とは異なる存在です。その気になれば、人間など羽虫のように殺せる化け物なのですから……行動の目的など考えるだけ無駄というもの。人を玩具にして遊ぶのも、幼子が捕まえた蜻蛉《とんぼ》の羽を毟《むし》るように、大した意味などないのでしょう」

確かに権力者を狙い撃ちにするのは、何とも悪趣味が極まっており、恐れられるのも頷ける。

「あら、悟様。それは違いますわ」

いつの間にか客間の襖《ふすま》が開いており、廊下に楠姫が座っていた。楠姫は、脇《わき》に置いた盆を持って立ち上がり、客間に入る。空洞淵の側を通り抜けたとき、白檀《びゃくだん》のような上品な芳香が鼻先を掠《かす》めた。

空洞淵と釈迦堂の前に茶を給仕してから、楠姫は腰が抜けるほど蠱惑《こわく》的な微笑みを浮かべて言う。

「此方は、人間を愛しております。それは確かに昔は、人間のことなど養分程度にしか思っておりませんでしたが、この〈幽世〉という閉ざされた箱庭で幾星霜《いくせいそう》を過ごすうちにその考えを改めました。先ほどだって、本当に空洞淵様を素敵な方だと思ったから、つい無意識に〈魅了〉を使ってしまっただけです。此方に悪気はございません」

「……人間をどう思っていようが、それはおまえの自由です。しかし、空洞淵先生だけは止《や》めておきなさい。この方は、神社の巫女殿の想い人《おもびと》です。下手に手を出せば、寺が消えます」

渋い顔で言う釈迦堂だったが、対照的に楠姫は双眸《そうぼう》を輝かせて手を合わせる。

「まあ！　ということは、命を懸けた略奪愛になるのですね！　此方はそういった状況では、一層愛の炎を燃え上がらせるほうです！」

「頼みますから余計な火種は作らないでください！　ウチは神社と良好な関係を続けていきたいのですから！」

釈迦堂は悲痛な叫びを上げた。どうにも扱いに手を焼いているようで気の毒に思えてくる。空洞淵は助け船を出す。

「――申し訳ないのですが、僕もその気はないので今回は諦《あきら》めてください」

「あら、それは残念ですね」楠姫は意外そうに目を丸くしてから、すぐに三日月型に細めた。「でも、少しでも気が変わったら、いつでも言ってくださいね。此方はずっと待っておりますので」

本気とも冗談とも付かない言葉だったが……一旦その件は保留にして、釈迦堂は早速本題に入った。

「楠姫に聞きたいことがあります。そこに座ってください」

「おや、改まって何でしょう。怖い顔をして……悟様の男前が台なしですよ」

「……真面目《まじめ》な話です。近頃街で、白い狐を見た娘たちが、夜中に寝ながら舞を舞うという騒ぎが起きています。これはおまえの仕業ですか？」

「その件でしたら、以前にもお答えしましたとおり、此方は与《あず》り知《か》らぬお話でございます」

澄まし顔で答える楠姫。

本当のことを言っているようにも、嘘を吐いているようにも見える。

このどうにも何を考えているのかわからない感じが、誰かに似ているなと思ったが、すぐにそれがいつもの釈迦堂であると気づく。

釈迦堂が楠姫の影響を受けたのか、それとも楠姫が釈迦堂の影響を受けたのか――おそらく前者だろうとは思うが、意外と似た者同士なのかもしれない、と勝手な感想を抱く。

このままでは埒《らち》が明かなそうだったので、空洞淵は割って入った。

「すみません、僕のほうからもいくつか質問をしてもよろしいですか？」

「もちろん、何なりと」

あくまでも余裕を見せながら、楠姫は目を眇《すが》めた。

空洞淵は頭の中で情報を整理していく。

「ええと、まず楠姫さんは寺の敷地から出られないという話を伺っているのですが、それは本当ですか？」

「ええ、本当です。此方がまだ人に仇《あだ》なしていた頃、こちらの和尚様に灸《きゅう》を据えられまして……以来、二百年ほどこの寺に縛り付けられております」

過去を懐《なつ》かしむように、楠姫は双眸を閉じる。

「当時は、このような場所に此方を閉じ込めた和尚様を、縊《くび》り殺してやろうと思いながら日々を過ごしておりましたが……住めば都と申しますか、いつの間にかすっかりと落ち着いてしまいました」

「では、二百年の間、一度も寺の敷地から出ていないのですか？」

「まさしく。此方はここに骨を埋めるつもりでございます。正確には此方もまた殺生石となるのでしょうが……まあ、些末事《さまつじ》です」

穏やかな口調で告げる。少なくとも表面上はしおらしく見える。

「寺の結界について、もう少し詳しく教えてください。楠姫さんが、寺に縛り付けられている、というのは、寺の敷地と外界を隔てる空間に見えない壁のようなものがある、という認識で合ってますか？」

「ええ、旦那の認識で合っていますよ」釈迦堂が答えた。「結界とは元来、俗世と聖域を分かつものです。二百年まえの和尚様は、それはそれは強い法力を持った方だったそうで、何があっても楠姫だけを通さない途轍もなく強力な結界を張られました。それ以来、楠姫は外界へ出て行くことができません」

「それは……本当に楠姫さんは絶対に通れないの？」

「はい。理屈とか細かいことを抜きにして、天地がひっくり返っても楠姫だけは結界を通れないという特別な仕様です。逆に他の怪異であれば、何の問題もなく通り抜けられるわけですが」

よくわからないけれども、とにかく楠姫が結界を通れないというのは、一つの事実なのだろう。

「ちなみに、今はお師匠様が修行に出てしまっているため、結界が弱まっているって話は？」

「弱まっているというか、正確にはお師匠様が寺にいる間は、その法力のおかげでさらに結界が強固なものになっているのです。今は、お師匠様不在の影響で相対的に弱まってはいますが……それでも元から張ってある結界は非常に強力なので、理屈の上では楠姫が出られるはずがないのですが……」

自信がなさそうに、釈迦堂は楠姫を見やる。楠姫はちゃっかり用意しておいた自分の茶を美味しそうに啜るばかりだった。

「たとえばだけど……楠姫さんがきっぱり改心して、人に害を及ぼさない怪異になったら結界が通れるとか、そういうことはないの？」

「ありませんね。そんな生ぬるいものじゃありませんから。結界云々《うんぬん》というよりはもはや呪《のろ》いに近いです。存在というより、魂をこの寺に縛り付けられている感じですか。この女狐は、どうあってもこの寺の敷地内に死ぬまで捕らわれています」親指を立ててぞんざいに楠姫を示す。「そもそも、たかだか二百年程度で改心できるほどの性根の捻《ねじ》れ具合ではありません。いったいどれほど多くの人に不幸をもたらしたと思っているんですか」

遊びで一国を滅ぼすようなことをしていたのなら数万、下手をすれば数百万単位の人の生活に影響が出ていてもおかしくない。そんな残虐な怪異があっさり改心しては、被害者たちも浮かばれないというものだろう。

「まあ。酷《ひど》い言われようですね。此方は大変傷つきました」

よよよ、と袖《そで》で目元を隠して泣き崩れる楠姫。

しかし、釈迦堂がここまで言うのなら、楠姫は本当に寺から出られないのだろう。ならばやはり、街の騒動と寺は無関係ということなのだろうか。白い狐の目的も不明なままであるし……とにかくよくわからないことだらけだ。

「最後にもう一つだけ教えてもらいたいのですが……楠姫さんは、舞は得意ですか？」

「舞は此方の数少ない趣味の一つですわ」あっさりと嘘泣きを止める楠姫。「白狐である此方の舞には、五穀豊穣、商売繁盛、家内安全、安産祈願、縁結びと様々な御利《ごり》益《やく》がございます。空洞淵様も必要なときがございましたら、いつでもご依頼ください。誠心誠意心を込めて舞い踊りましょう」

ニコニコと穏やかに微笑んで小首を傾げる楠姫だったが、相変わらず本音は見えなかった。

結局大した収穫もなく、空洞淵はそのまま寺を辞すことになった。店まで送るという釈迦堂の申し出を受けて、二人並んで長い石段を下りていく。

「——旦那の感触は如何《いかが》ですか？」

縋るような目を向けてくる釈迦堂だったが、実際のところ全くはかばかしくないので空洞淵は曖昧《あいまい》に首を傾げる。

「中々の曲者《くせもの》だね。薊《あざみ》もそうだけど、歴史のある強大な怪異は、どうにも人を喰ったような性格の者ばかりで、思いどおりに話が進まない」

「実際に昔は人を喰っていたので、文字どおり我々のことなど歯牙《しが》にも掛けていないのでしょう。舐《な》められるのも致し方ないことかと」

恐ろしいことを平然と言う。だがまあ、そのとおりだと空洞淵も思う。

「ともあれ、このままヤツの思いどおりにさせておくわけにもいきません。何か次の方策を考えなければ」

「次の方策と言われてもね……」空洞淵は頭を掻《か》く。「正直、後手に回らざるを得ない状況だしな……。とにかくどうあっても楠姫さんが結界を通れない、という条件は大きいね。論理的にそこを崩せない以上、少なくとも僕が楠姫さんの関与を疑う理由はない。彼女の人となりについても詳しくは知らないし……。もちろん、件の白い狐については気になるので今後も調べていくことになるとは思うけど、楠姫さんに関してはいったん様子見でもいいんじゃないかな」

「いいわけないでしょう！」釈迦堂は泣きそうな声で叫ぶ。「もうすぐお師匠様が戻ってきます！　暢気《のんき》に手をこまねいている状況ではありません！」

「でも、実際に楠姫さんは無関係かもしれないし……」

「無関係なはずないでしょう！　絶対に何か企《たくら》んでる顔でしたよ！」

初対面の空洞淵には何も摑めなかったが、長く生活を共にしている釈迦堂には感じるものがあったのかもしれない。

白狐が度々目撃されている以上、楠姫が関与していると考えるのが自然ではあるが……確証もなければ、具体的な手法も不明なのだから打つ手はない。

必死に頭を捻《ひね》って、消極的ながらも次の方策を思いつく。

「――一つだけ、手がないことはないけど」

「さすが旦那！　そう来ると信じてましたよ！」釈迦堂は目を輝かせて顔を寄せてくる。「で、どんな手ですか！」

釈迦堂の顔を無理矢理手で押しやってから、空洞淵は答える。

「〈狐の舞〉の騒動で、標的にされているのは皆、結婚を控えた女性だ。ならば当然、次に狙《ねら》われるのも結婚を控えた女性と考えるのが自然だろう」

「つまり、結婚を控えた女性を捜し出して、張り込みをするということですか……？」釈迦堂は訝《いぶか》しげだ。「またえらく時間の掛かりそうな方針ですね……。そもそも、そう都合よく結婚を控えた女性なんてこれ以上いますかね。すでにこの時期なのに三人も見つかっているわけですし……」

確かに、六月ならば結婚する人も多いだろうと、つい〈現世〉の感覚で考えてしまったが、この世界にはジューンブライドという風習はないはずだ。

六月に結婚すると幸福になれる、というヨーロッパの言い伝えは、六月の守り神であり、結婚を司《つかさど》るローマ神話の最高神の妻、ユーノに由来しているという説が有力だ。〈June〉つまり六月の名も、ユーノから来ている。

おそらくは現地の風土的に、気候が安定しており結婚などの晴れ舞台に適していたなどの理由もあるのだろうけれども……。残念ながら日本の場合、六月は梅雨で雨が多い。そのために〈幽世〉では、この時期の結婚が控えられる傾向にあるようで……。ならば、釈迦堂の言うとおり次なる候補者を捜すのにも苦労しそうだ。一刻も早く騒動を解決させたい彼としては、あまり気乗りする提案でもないのだろう。

さりとて、他にいい手も思いつかない。

降りしきる小雨の中、大の男が二人してうんうんと唸《うな》りながら、傘を片手に極楽街の目抜き通りを歩いていると――。

「あれ？　お兄ちゃん？」

すれ違い様、不意に声を掛けられる。

振り返ると、そこに立っていたのは、神社の妹巫女こと穂澄だった。

「釈迦堂さんも一緒だ。こんにちはー」

屈託なく笑い、小首を傾げる穂澄。さしもの釈迦堂も釣られて微笑む。

「これはこれは妹巫女殿。ご無沙汰しています。このような場所でお目に掛かるのも珍しいですね」

確かに往来で穂澄と会うのは珍しい。いつもの巫女装束を纏っているので、私用ではなさそうだ。片手には彩りの鮮やかな花束を持っている。

「穂澄はお遣い？」

「ううん、お友だちのお見舞い」片手の花束を示す穂澄。「なんか、具合悪くなっちゃったって聞いたから、様子を見に行こうと思って」

穂澄の優しさに寺の一件で荒《すさ》んでいた心が温かくなる。綺翠が妹のことを溺愛《できあい》しているのも頷ける。いつの間にか空洞淵もすっかり穂澄のことを実の妹のように可愛がっているほどなのだから。

「具合が悪いって病気なの？　よかったら、一緒に行って往診しようか？」

「いいの？」途端、穂澄は目を輝かせる。「きっと喜ぶよ！」

「……ちょいと、旦那《だんな》」急な展開で、釈迦堂は不満げに空洞淵の服の裾《すそ》を引いた。「何勝手に安請け合いしてるんですか。私のほうはどうするつもりですか。死がもうすぐそこまで迫っているというのに」

小声で不満を伝えてくるが、どうするもこうするも、現状できることが何もないのだから仕方がないではないか。

釈迦堂の手を振り払おうとしたところで、穂澄は嬉しそうに続ける。

「その子、実はもうすぐ結婚するんだけど、急に具合が悪くなって困ってたみたいなの。だからここでお兄ちゃんと会えてすごくよかった！」

穂澄の思いもよらない言葉に、空洞淵と釈迦堂は顔を見合わせた。

5

穂澄の友だち――杏子《あんず》の家は、街中の金物屋だった。空洞淵もここへは何度か買い物に来たことがあるので、杏子の父である店主とは顔なじみだ。

「穂澄ちゃんいらっしゃい。おや、先生に……それに法師様まで。何かあったんですかい？」

さすがにこれだけ街で顔の知られた三人が集まれば何事かと訝しむのも当然のこと。不安げな様子の店主に、空洞淵は正直に告げる。

「道端で偶然穂澄に会ったのでお見舞いに同行させてもらいました。もしご迷惑でなければ、軽く診察もしますが、どうしましょう？」

「そいつはありがてえ！」店主は歓喜する。「是非とも診てやってください！　嫁入りまえで神経質になってんで、娘も喜びますわ！」

丁重に招き入れられ、三人は二階の娘の部屋へ通される。

「杏子ちゃん、お見舞いに来たよ！」

襖を開けて、穂澄は殊更《ことさら》元気よく声を掛けた。穂澄ちゃん、と床に臥《ふ》せっていた少女は力なく声を発する。線の細い、痩《や》せた少女だ。体調を崩してさらに痩せてしまっているように見える。

「今日はね、お兄ちゃん連れてきたの。お兄ちゃんに診てもらえば、杏子ちゃんもすぐ元気になっちゃうんだから！」

杏子を安心させるためにか、いつも以上に期待を煽《あお》る穂澄。空洞淵としては、まだ診てもいない状況で期待をされても困るというのが正直なところだったけれども、患者が希望を持つならばそれに越したことはないと思って黙っておく。

空洞淵は早速診察を始める。

基本的には、これまでの〈狐の嫁入り〉騒動で診てきた患者と似たような状態だ。脈が落ちていて陽気が巡っておらず、また心下には軽い痞鞕《ひこう》が見られる。それほど酷い状況ではないので、こちらも薬を飲めば症状は落ち着いてくるはずだ。

「すぐに薬を持って来ますね。酷くなるまえに診られてよかった。これなら数日で楽になると思います」

「先生……まさか診てもらえるとは思っておらず……。本当にありがとうございます」

安堵したようにため息を零《こぼ》してから、杏子は急に表情を曇らせる。

「でも……うち、今はあまりお金がなくて……」

「穂澄の大切な友だちだし、付けにしておくよ。身の回りが落ち着いて、その後で気が向いたら払ってくれればそれで構わないから」

少女があまり恐縮しないように、空洞淵は譲歩を示す。本当は薬代くらい無料でも構わなかったが、それでは逆に気にしてしまうだろうと思ったためだ。

お金がないということは、まだ結納も済ませていないのだろう。婚姻は決まったが、色々な手続きが進むまえに今のような状態になってしまったというところか。そのような時期に体調を崩してしまい、おそらくとても不安だったはず。早く元気になるようにと、願って止まない。

「杏子ちゃんの旦那さんになる人、すごい優しい、いい人なんだよ！」

友人を元気づけるように、穂澄は笑顔で言った。

「お見合いだったんだけどとっても素敵な人でほとんど一目惚れだったんだって。いいなぁ、憧《あこが》れるなぁ」

杏子は照れたようにはにかむ。沈んでいた表情が一気に華やいだ気がした。

「うん、でも穂澄ちゃんにも、きっとすぐに素敵な人が見つかるよ。だって穂澄ちゃん、街で一番可愛いんだから」

「えへへ、そうかなあ」穂澄は嬉しそうに後頭部を掻く。「もし素敵な人が見つかったら、真っ先に杏子ちゃんに紹介するね！」

少女二人の仲睦《なかむつ》まじいやり取りを微笑ましく眺める空洞淵だったが、そこでこれまで様子を窺っていた釈迦堂が割って入る。

「――ときに可愛らしいお嬢さん。最近、白い狐なぞご覧になりませんでしたか？」

「白い狐、ですか……？」不思議そうに目を丸くして、杏子は首を振った。「いえ、見ていないと思います」

空洞淵と釈迦堂は顔を見合わせる。見ていない、ということは、やはり少なくとも現在の症状と白い狐は無関係ということになる。

「では、夜中に突然舞い出したりしたことはありませんか？」

逸《はや》る気持ちを抑えられないように釈迦堂が早口で問う。杏子は頬を赤らめて、そんなことありません、と答えた。

空洞淵は考える。

これまでの患者の場合、夢枕《ゆめまくら》に白い狐が現れた者は皆、夢遊病で舞を舞っている。

つまり、白い狐を目撃していない杏子が夢遊病に罹《かか》っていないことは、条件に沿っている。

もしも白い狐の目的が、結婚を控えた娘を夢遊病にすることならば、今夜にでも現れるのだろうか。

可能性としては決して低くない。

「……旦那」

釈迦堂が空洞淵にだけ聞こえる小声で囁《ささや》く。少女二人で積もる話もあるだろうと思い、空洞淵と釈迦堂は一旦《いったん》廊下に出る。

「早速今夜張り込みしましょう」

意気揚々と提案してくる釈迦堂。だが、空洞淵としては疑問が残る。

「それ、僕が同行する意味ある？　下手したら戦闘になるかもしれないのに……僕がいても危ないだけだよ」

「あなた、普段から危険を承知で巫女《みこ》殿のお祓《はら》いに同行してるでしょうに」

「それは綺翠が一緒だから危地にも出向くだけで、釈迦さんと一緒だとちょっと」

「……旦那、結構薄情なところありますよね」

顔を引きつらせる釈迦堂。だが、彼も引かない。

「そんなつれないこと言わずに一緒にいてくださいよ。私一人では判断に困るとき、旦那の頭脳が必要なんですよ。特にほら、今回は事情が複雑ですから」

確かに釈迦堂の言うことにも一理ある。今回の一件は、色々と不明なことが多すぎる。

だから、どうしても同行してほしいというのであれば、空洞淵としてもやぶさかではないというのが正直なところだったけれども……それでも問題はある。

「……まあ、付いていくのは構わないけど。でも楠姫さんがこの一件に関わってる可能性があることを、綺翠に説明しても大丈夫なものかな？」

「大丈夫なわけないでしょう。そんなことをしたら、巫女殿からウチのお師匠様に話が通って、仮に騒動を解決できたとしても折檻されてしまいます。どうかご内密に」

「でも事情を話さないと、夜出掛ける口実が作れないんだけど……」

「色町にしけ込むとでも言っておけばよいでしょう」

「……一応僕と綺翠は付き合ってるんだけど」

「しかし、手は出していないのでしょう？　今頃向こうも、実は旦那が不能なのではないかと不安に思っているはず。このあたりで実は血気盛んであるところを見せるのも一興かと愚考します」

「…………」

ああ言えばこう言う。

よくもまあ、ここまで口が回ると呆《あき》れつつも、そういうところはやはり楠姫によく似ていると場違いな感心をしてしまう。

「とにかく綺翠に嘘は吐けないから、このことはきちんと説明するよ。その上で、きみのお師匠様には内緒にするよう頼んでおくから……それでいいだろう？」

「……わかりましたよ」釈迦堂は渋々頷《うなず》く。「何かまた旦那への借りができてしまって、このままでは死ぬまでに返済できない気もしますが……とにかくよろしくお願いします！」

ともあれ、そういうことになった。

6

——草木も眠る丑三《うしみ》つ刻《どき》。

強風吹き荒れる中、肩を震わせながら空洞淵と釈迦堂は、狭い路地に身を潜めていた。

幸いにも雨は止んでいるが、空は重苦しい曇天のまま月明かりも届かず、夜半過ぎから冷たい風が吹き荒れている。

暦の上ではもう夏になるはずなのに、まるで冬のように肌寒い。今夜は冷えるからと綺翠に言われ、それなりの厚着をしてきたつもりだったが、まるで北風と太陽の童話のように容赦なく吹き付ける冷たい風には敵《かな》わない。

「……上手《うま》くコトが片付いたら、帰りに屋台で熱燗《あつかん》でも引っ掛けていきましょうか」

寒さを凌《しの》ぐように、両手を擦り合わせながら息を吹きかけて釈迦堂は言う。それはとても魅力的な提案だが、神社では綺翠が起きて空洞淵の帰りを待ってくれているので早く帰りたい気持ちのほうが強い。

「熱燗なら帰って綺翠と飲むからさっさと終わらせよう」

「……まったく旦那はつれないですねえ」

至極面白くなさそうにため息を吐きつつも、釈迦堂は金物屋の店先から視線を離さない。いつ例の白い狐が現れるかわからないので気が抜けないのだ。

ちなみに楠姫のことと今夜の張り込みのことを綺翠に話したら、思いのほかあっさりと外出を許された。そもそも綺翠は、白い狐の話を聞いた時点で楠姫が関与していることを疑っていたらしい。三大神獣の一角が白狐であることを知っていれば、楠姫との関連を疑うのは自然な発想なのだろうけれども……。

しかしながら、では何故《なぜ》、様子見で構わないと判断したのかまでは、教えてもらえなかった。綺翠にしては珍しく何かを隠しているようで色々と気にはなったが、空洞淵に話さないということはそれなりの理由があるのだろうと判断して、今に至る。

「……それにしても不可解ですね」

視線を店先から離さないまま、釈迦堂は独り言のように言った。

「不可解ってなにが？」

「娘たちの反応ですよ。今日の娘も、それにこれまで騒動に巻き込まれた娘たちも、皆、結婚それ自体には乗り気で、かつ相手のこともとてもよく思っているようではありませんか」

「そうみたいだね」

「しかし、そもそも結婚というのは人生の墓場でしょう？　妹巫女殿も結婚に憧れを抱いていたようですが……正直、年頃の娘たちの心の内は理解不能です」

「……」

全く本筋とは関係のないところで気掛かりを覚えているようだった。しかもそれは、多分に偏見に塗《まみ》れた人生観に基づく疑問だ。今さらそれを諭したところで納得してもらえるとも思えず、空洞淵はそうかもね、と聞き流す。

だが、それはそれとして、確かに別の意味で空洞淵もその部分が気になっていた。

これまで話を聞きに行った娘たちのことを思い出す。

結婚についてどう思うか率直に尋ねてみると、皆一様に病に臥して苦しそうでありながらも、照れたようなはにかみを浮かべて結婚相手への熱い想いを述べた。

つまり、今回の騒動に巻き込まれたいずれの患者も、結婚それ自体や相手のことは非常に好意的に捉《とら》えていたわけだ。にもかかわらず、皆、白い狐を見るまえに体調を崩している。

これがもし、結婚に対して不満を抱いていたのであれば、ストレスで体調を崩すのも頷けるが……。

ずっと考えてはいるものの、そのあたりの不一致の理由がわからず、やきもきしてしまう。白い狐の正体に迫れれば、その謎《なぞ》も明らかになるのだろうか——。

そんなことを思いながらも、一際強く吹いた冷たい風に空洞淵は身を縮こませた。

さすがに寒すぎるので、あと半刻《はんとき》ほど待っても現れなければ今日はもう諦めて撤収しようと釈迦堂に提案しようとしたまさにそのとき——。

「——旦那、来ました」

緊張した釈迦堂の小声が響く。空洞淵も路地から顔を覗《のぞ》かせて金物屋を見る。

月明かりも届かない暗闇《くらやみ》の中に、小さな黄金色の円が二つ並んで浮かんでいた。

一瞬人魂《ひとだま》の類かと目を疑ったが、すぐにそれが動物の眼球であることに気づく。

茫洋《ぼうよう》とした闇に溶けるその影は、大体大型犬ほどの大きさだろうか。暗すぎて遠近感がやや不明瞭《ふめいりょう》ではあるが、先日目にした〈虎狼狸〉よりはやや小ぶりに見える。

「どうする？　出て行って問い詰める？」

小声で尋ねる空洞淵。釈迦堂は、少し考えて、いいえ、と首を振った。

「……一旦様子見です。実際に何かをしたという証拠がほしいので、金物屋から出てきたところを押さえましょう」

意外に慎重だ。てっきり脇目も振らずに飛び出して行くものと思っていたが、冷静で助かった。

大型犬ほどの生物は、金物屋の前で足を止めて二階を見やると、一跳びで屋根まで上った。凄《すさ》まじい跳躍力だ。あれだけの脚力で蹴《け》られたら死にかねないので、どうか戦闘にはなりませんようにと空洞淵は心の中で強く祈る。

謎の生物の姿が見えなくなり、緊張した沈黙の時間が過ぎていく。

どれだけの時間が経過しただろうか。いい加減待ちくたびれて緊張の糸が切れようとしていたまさにそのとき、金物屋の屋根に再び先ほどの生物の影が現れ、軽やかに地面へ降り立った。

「――行きます」

短くそれだけ言って、釈迦堂は闇の中へ身を投じる。提灯《ちょうちん》を持った空洞淵も慌《あわ》てて
そのあとを追う。

謎の生物の前に躍り出た釈迦堂は、錫杖《しゃくじょう》を構えて、シャランと乾いた音を奏《かな》でる。

「さあ、大人しく正体を現しなさい。素直に従えば悪いようにはしません」

毅然《きぜん》とした声で呼び掛ける釈迦堂。謎の生物は暗闇の中で、黄金色に光る双眸をこ
ちらへ向けるばかりだ。

明かりを持った空洞淵が近づくと、ようやくその影に形と色が宿る。

それはまさしく――新雪のように白い狐だった。

これほど大きな狐を空洞淵は見たことがない。近づくと獣の臭《にお》いがして、本能的に
腰が引けてしまう。

「……釈迦さん、これは楠姫さんなの？」

狐になった姿は見たことがなかったので空洞淵には判断ができない。だが、それは
釈迦堂も同様のようで、隙を見せずに錫杖を構えたまま、わかりません、と答えた。

「生憎《あいにく》と、私には獣を見分けることなどできません。あるいは、あれは楠姫ではなく、

別の白狐《びゃっこ》である可能性も否定できませんが……ともあれ、今は戦って弱体化させる以外に正体を暴《あば》く術《すべ》はないと見たほうが賢明かと」

できれば戦闘は避けたかったが……そう思いどおりにはいかないようだ。

邪魔にならないよう距離を取ろうと一歩下がったそのとき。

空洞淵と白い狐の視線が重なった。

あまりにも美しい瞳に、何故か見覚えがある気がした。

あれは——、とその正体について思いを馳《は》せようとした次の瞬間。

身体《からだ》の重心を僅《わず》かに下げた狐は、先ほどの数倍の大跳躍で跳び上がり、逃げるように去って行ってしまった。

一目散、としか言いようのないほどの、それはそれは見事な逃走だ。

さすがにこの展開は予想していなかったようで、釈迦堂は錫杖を構えた姿勢のまま振り返る。

「……どうしましょう」

「どう、と言われても……」危険は去ったと判断して、空洞淵は釈迦堂の横に並ぶ。

「白い狐の正体が摑めなかったのなら、無駄骨だったことになるね」

「旦那ぁ……」釈迦堂は情けない声を上げる。「せっかく千載一遇の機会だったのに

「……」

「まあ、向こうが逃げ出したのなら仕方ないよ。追いかけられる感じでもなさそうだし。今日はもう遅いから、杏子さんには明日白い狐のことを確認するとして、僕らは大人しく帰ろう」

肩を落として、二人は帰路に就いた。夜風が先ほどまでより冷たく感じられた。

7

翌日。

空洞淵は一人で深い森の中を歩いていた。

寝不足のまま朝一番で金物屋を訪れて杏子から話を聞いたところ、やはり昨夜突然白い狐が現れ、とても美しい女性に変化したあと見事な舞を舞い、その後何事もなかったように去って行ったらしい。

空洞淵の薬が効いているためか、幸いにして夢遊病を発症している様子はなかったが、状況がよくわからない以上、油断はできない。薬の継続を伝えて金物屋を後にした空洞淵は、その足で、森の中へ入って行く。

〈国生みの賢者〉金糸雀の意見を聞くためだ。

金糸雀が住む邸宅は、人が辿り着くことを拒むように、森の奥深くにひっそりと佇んでいる。空洞淵も最初の頃は、綺翠と一緒でなければ森に立ち入ることさえ躊躇《ちゅうちょ》してしまっていたけれども……それでもいつからか、こうして一人で金糸雀の元へ赴くことが日常の一幕になりつつある。すっかり〈幽世〉の住人になったということなのだろうか。

綺翠からは、危険だから一人で森に入ってはいけないと注意されているが……実際のところ、極楽街の祓い屋三名と懇意にしており、かつ金糸雀とも縁のある空洞淵を襲うような愚かな怪異などいない。

そのため空洞淵は、綺翠に内緒でたまに金糸雀の元へ顔を出しているのだった。

色々あって春先に彼女の象徴でもあった〈千里眼〉を失った金糸雀だが、卓越した頭脳と知識は未《いま》だ健在だ。彼女ならば、今回の件にも何か有効な助言をくれるのではないか、という淡い期待を抱いてしまう。

鬱蒼《うっそう》とした森を進んでいったところで急に視界が開けて、石垣に囲まれた瓦葺《かわらぶ》き屋根の立派な屋敷が姿を見せる。

ここが、賢者の住まう邸宅――〈大鵠庵《だいこくあん》〉だ。

これまでなら、〈千里眼〉を通じて空洞淵の来訪を予期した金糸雀が、重厚な門の前に従者を待機させておいてくれていたが、今はもうその歓待もない。

気にせず門を潜《くぐ》った空洞淵は、玄関の戸を叩《たた》く。しばしの後、戸を開けて長身の男が現れた。

「――おや、これは意外なお客様ですね」

燕尾服《えんびふく》に身を包み几帳面《きちょうめん》に髪を撫《な》でつけた男は、銀縁眼鏡の奥から空洞淵を睥睨《へいげい》した。

薊という金糸雀の従者で、かつては〈幽世〉の三大神獣の一角として人々から恐れられていた歴史ある根源怪異だ。

「ここはあなたのような一般人が気安く立ち寄っていい場所ではありません。今や御屋形様はあなたとは何の因果も結ばれていないのですから、そう理解者面《づら》をされて近づかれると大変迷惑です。何も見なかったことにして差し上げますので、疾《と》くお帰りくださいませ」

丁寧な口調ではあるが、実質的にはただの拒絶だ。

その気になれば人間など指先一つで葬り去ることができる強大な怪異から、帰れと凄《すご》まれたらまともな人間であれば一目散に逃げ出すことだろう。だが、生憎と空洞淵はまともな人間ではなかったので、平然と応じる。

「金糸雀いる？」

「……空洞淵様。お引き取りを、と申し上げているのですが」

「紅葉《もみじ》でもいいや。誰か話の通じる人に取り次いでもらえる？」

「まるで私には話が通じないみたいな物言いですね……！」

額に青筋を浮かべる薊。一触即発にも思われた次の瞬間――。

「こら薊！　あなたまた何をやっているのですか！」

花鳥風月を思わせる色彩豊かな衣を纏った少女が、目を吊《つ》り上げて屋敷の奥から飛び出して来た。

「主さま、申し訳ありません！　また当家の従者がご無礼を……！」

空洞淵と薊の間に立つや否《いな》や、少女はすごい勢いで頭を下げた。黄金色の長い髪が、波打つようにふわりと広がる。

「いつものことだし気にしてないよ。それよりも、金糸雀。元気だった？」

穏やかに声を掛けると、少女――金糸雀は蒼玉《そうぎょく》の双眸を煌《きら》めかせて顔を上げる。黄金色の前髪から、白くつるんとした可愛《かわい》らしい額が覗く。

「もちろんです！　主さまとお目に掛かれただけで、金糸雀は天にも昇る心持ちです！」

「…………」

そこまで喜んでもらえるのは嬉《うれ》しい限りだが、十日ほどまえに訪れたときはもっと落ち着いた大人の対応をされた気がする。どうにもこの〈国生みの賢者〉は、綺翠がいる場合といない場合で、空洞淵への態度が変わる傾向にあるようだ。おそらく普段は綺翠に気を遣っているのだろう。つまり、どちらかといえば今が素に近い状態ということか。

まるで初恋の相手と対面しているようにしばし恍惚《こうこつ》の表情で空洞淵を見つめる金糸雀だったが、すぐに我を取り戻してキッと従者を睨《にら》む。

「薊。いい加減、主さまへの態度を改めないと本気で怒りますよ」

「恐れながら申し上げますが、御屋形様こそこの世界の創造主として、その立ち振る舞いには気を配っていただきたく存じます。人間風情《ふぜい》と親しくするなど……御屋形様の沽券《こけん》に関わる大問題かと愚考いたします」

「ああもう……相変わらず小煩《こうるさ》い……！」苛立《いらだ》たしげに呟《つぶや》いてから、深いため息を零す。「……とにかく今はその無礼な口を噤《つぐ》みなさい。それからすぐにお茶の用意を」

「御意」

恭《うやうや》しく頭《こうべ》を垂れた薊は、屋敷の奥へと消えていった。空洞淵も、金糸雀に案内されて屋敷の中へと入っていく。

客間へ到着すると、すでに座布団《ざぶとん》とお茶と茶菓子が用意されていた。薊は慇懃《いんぎん》無礼としか言いようのない男だが、基本優秀で仕事が早い。

しかもよく見ると出会った当初と比較して、茶菓子の量が明らかに多く豪勢だ。おそらく春先の騒動で金糸雀の命を救ったことを、薊なりに感謝してくれているのだろう。無礼な男ではあるが、悪いやつではないのである。

いつもどおり薄暗い室内で、金糸雀と対面で座る。こうして二人だけで話すのは久しぶりだと気づく。

「主さまとこうしてまたお話ができて、わたくしはとても嬉しゅうございます」

年頃の少女のように、無邪気に微笑む金糸雀。

〈千里眼〉を失い、〈幽世〉の平和を一人で守るという重責から解放された影響か、彼女はこれまで以上に穏やかに笑うようになった。

空洞淵としても、金糸雀が心健やかに暮らしていけるようになったのであれば嬉しく思うが、同時に今度は自分も積極的に〈幽世〉で起きた問題に関わっていかなければならなくなったことを自覚して、身が引き締まる思いでもある。

「さて、積もる話もございますが、主さまもお忙しいことと存じます。早速ご用件を伺いましょう」

金糸雀に促されて、空洞淵はここ最近に起こった〈狐《きつね》の嫁入り〉騒動について語る。やはりまだ金糸雀の耳には入っていなかったようで、興味深そうに彼女は最後まで質問を挟むことなく聞き入っていた。

長広舌を終えた空洞淵は、お茶で喉《のど》を潤《うるお》す。

「――なるほど。また奇妙なことになっているようでございますね」

金糸雀はどこか楽しそうにそう言った。

「つまり、主さまのお話から推測するに、今回の騒動で主さまの頭を悩ませている問題は、『白い狐の正体』『結婚を控えた娘たちが怪異とは無関係に体調を崩した理由』『白い狐の目的』の三つになりますね」

「うん、その認識で合ってるよ」

理解力の高さに感心して空洞淵は頷く。本当は北のほうで確認された怪火の正体という謎も残されていたけれども、そちらに関しては自分なりの仮説を持っていたので今は取り上げない。

「それで金糸雀なら何か気づくかもしれないと思って、助言をもらいに来たんだ」

「主さまに頼っていただいて、わたくし喜ばしい限りでございます」

ニコニコと上品に微笑《ほほえ》む金糸雀。

「では、早速そのご期待に応《こた》えましまして……主さまからお話を伺って、二つ気づいたことがございます」

金糸雀は白魚のような指を一本立てる。

「一つめ。娘たちが体調を崩した理由に関しては簡単です。むしろわたくしから見れば、主さまや釈迦堂様が悩んでおられることのほうに疑問を感じてしまうほどです」

それは……空洞淵たちの認識のほうに問題があるということだろうか。

だが、考えてみても何が問題かわからない。眉《まゆ》を顰《ひそ》めて悩む空洞淵。金糸雀は、大人の間違いに気づいた子どものような無邪気さで、上機嫌に続ける。

「主さまは、結婚相手に想いを寄せているのであれば、精神的負担から体調を崩すはずがない、とお考えのようですが……女心がわかっていませんね」

「……女心？」

空洞淵の芸のないおうむ返しに、金糸雀は、ええ、と得意げに頷いた。

「相手をどれだけ想っていようが、その結婚がとても素晴らしい慶事であろうが、そんなことは関係なく、女は結婚という己の人生を左右する出来事に不安を覚えるものです。とりわけ、今回の騒動の被害者は皆まだ二十歳にも満たない少女たちです。ある日を境に、急にそれまで他人であった人と家族となり大人の仲間入りをするわけですから……不安も一入《ひとしお》でしょう。たとえその相手が大好きな幼馴染みであったとしても、不安は消えないものですよ」

「――――」

思いも寄らない言葉に、空洞淵は目を見開く。

そういう、ものなのだろうか。

空洞淵には、その状況で思い悩むという心の機微がよくわからない。

たとえば、空洞淵が綺翠と結婚するとなったとき、空洞淵は〈幽世〉有数の名家である御巫家に婿入《むこい》りする形になるだろう。綺翠は御巫神社の跡取りだし、この先も〈破鬼の巫女〉として御巫家を存続させる義務があるのだから、空洞淵が婿入りするのは当然の流れと言える。空洞淵としてもそのことに一切の不満はない。

だから少なくともその状況になっても、自分は何の不安も覚えないし、結婚したところでそれまでとさして変わらない生活を送るのだろうという、根拠のない自信がある。

だが……確かに、まだ世の中のこともよくわかっていない年頃の少女であれば、どれだけ相手を想っていたとしても、結婚という一大事に不安を覚えるのも当たり前だ。

近頃、結婚について考える機会があったため、自分の考えが標準的なものであると誤認してしまったが……改めて冷静になって考えてみれば、金糸雀の指摘は至極当然のものだ。思いつかなかったことが恥ずかしいほどに。

閉口する空洞淵に慈愛の目を向けながら、金糸雀は二本の指を立てる。

「二つめ。白い狐の正体ですが……これはもう、十中八九間違いなく泰雑寺の楠姫でしょう」

「何か、根拠があるの？」

「証拠はありません。しかし、如何《いか》にも彼女がしそうなことです」

呆れたような、あるいは感心したような不思議な表情でため息を吐《つ》く金糸雀。

「白い狐の正体が楠姫であったならば、いったいどのような妖術を用いて泰雑寺の結界を通り抜けたのか、という問題が出てきます。あの結界は念が強すぎて、おそらくわたくしであっても容易には破壊できないでしょう。単なる怪異である楠姫にどうこうできる代物《しろもの》ではありません」

その結論は、釈迦堂のものと同じだ。楠姫だけを絶対に通さない結界のせいで、事態が無駄に複雑化してしまっている。

「つまり常識で考えたら、楠姫が寺に囚《とら》われている以上、街に現れた白い狐は楠姫ではないということになります」

「論理的にはそうなるね」

　空洞淵の同意に、金糸雀はどこか楽しげに続ける。

「しかし、楠姫をよく知る釈迦堂様やわたくしは、一連の騒動の傾向、特性から白い狐の正体について、楠姫に違いないという確信に近い疑いを持っています。この背反する事象を理解する術があるでしょうか？」

　寺から出られるはずがない楠姫が、街で楠姫がやったとしか思えない騒ぎを起こしている。この矛盾の解釈が、今回の騒動の最大の鍵だ。

「……ちなみに、白狐って楠姫さん以外にいるの？」

「いないこともないですが、現在極楽街の付近にはいないはずです。極楽街は薊の縄張りですから、見知らぬ白狐が街中を彷徨《うろつ》けば必ず不審に思ってわたくしに報告するはず」

　そうですね、と金糸雀は部屋の暗がりへ向かって声を掛ける。

　はい、という返事と共に漆黒の燕尾服を纏《まと》った薊が暗闇の奥から姿を現した。ずっとそこにいたわけではなく、怪異ならではの何らかの超常的な出現をしたのだろうとは思うが、急に自分たち以外の存在が室内に現れて空洞淵は驚いてしまう。

執事は、光と闇の境界に跪《ひざまず》いて主《あるじ》の言葉を待つ。

「薊、近頃街で白い狐が目撃されていることは知っていますか」

「もちろん存じております」

「では、その白い狐の正体について、あなたの意見を聞かせてください」

「――五割方で楠姫でしょう」

何とも言えない複雑な顔で、薊は答えた。

何故そのような結論に至ったのか、興味が湧《わ》いたので思わず突っ込む。

「どうしてそう思ったの？」

すると薊は一瞬鬱陶《うっとう》しそうに空洞淵を見やったが、主の前であるためか大人しく答えた。

「……匂《にお》いが、するのです。街中のあちこちから、あの女狐の匂いが」

薊は大神――つまり狼《おおかみ》の怪異だ。嗅覚《きゅうかく》は人の何百万倍も優れているはず。その薊が楠姫の匂いがすると言っているのだから、それは紛れもない事実なのだろう。

「……しかし、それと同時に妙な違和感もあるのです」

「違和感？」

「ええ。私が知っている女狐の匂いと、微妙に異なるのです。かれこれもう百年ほど顔を合わせていませんから、その間に匂いが変わったのかもしれませんが……。とにかく、そのような理由により楠姫の匂いであると断定できないのです。別人の可能性も十分に考えられます」

「でも、知らない白狐が街に入ってきた様子はないんでしょう？」

「それは確実に。ですから判断に困っています。現状をどのように解釈すればよいのか」

　街のあちこちから楠姫の匂いがするならば、それは楠姫が寺を抜け出しているということになる。

　だが、楠姫は寺から出ることはできない――。

　そこまで考えたとき、雷鳴のようにある途方もない仮説が思い浮かぶ。

（まさか……僕らは前提条件からして間違っていた……？）

　放心したように金糸雀を見つめる。

〈国生みの賢者〉は、穏やかな微笑みを湛《たた》えたまま空洞淵を見つめている。

　……なるほど。

　かつて極楽街中を見通すことができる〈千里眼〉を持っていた彼女ならば、知らないはずがない、か。

「――ありがとう」

無意識に礼を述べて、空洞淵は立ち上がる。それだけですべてを察したように金糸雀は問う。

「悩みは、消えましたか？」

「うん、曇り一つなく」

「それは重畳」金糸雀は嬉しそうだ。「それでは、主さま。いってらっしゃいませ。またのご来訪を心よりお待ち申しております」

金糸雀に見送られて、空洞淵は〈大鵠庵〉を後にした。

ちなみに結局最後まで、薊は訝しげな顔をしていた。

8

二日続けて泰雑寺へ続く長い石段を上る。

今日は長雨が続いた中での、久方ぶりの快晴。

まだ朝も早いというのに、陽光がすでに容赦なく大地へ降り注ぎ、大気に満ちた余計な水分を温めていく。

先刻、森を歩いたときはまだ涼しさを感じられたが、石段を上る今はもう相当に蒸し暑く、激しい肉体労働も相まって汗が噴き出してくる。

弥《いや》が上にも、夏の到来を実感させられながら、空洞淵はやっとのことで寺の立派な山門まで辿り着いた。

呼吸を整えつつ境内を眺める。荘厳《そうごん》な造りの本堂、庫裡《くり》に鐘楼、淡い青色の紫陽花が添えられた石灯籠。歴史と風格を感じさせる寺院の中で、隅にぽつんと置かれた殺生石《せっしょうせき》だけが異質な印象を放っている。まるで大きな石が存在感を誇示しているようで少し不気味だ。

そんな境内に、着物に西洋風のエプロンドレスを着た白髪の女性が、竹箒《たけぼうき》を手に掃き掃除をしている姿が見えた。歩み寄り、声を掛ける。

「おはようございます、楠姫さん」

「あら、空洞淵様」

来客に気づいた楠姫は箒を動かす手を止めて朗らかに微笑む。

「ようこそいらっしゃいました。ただ、申し訳ありません。悟様はもうお出になられておりまして……」

「いえ、今日用事があるのは、楠姫さんなので」

来訪の意図を告げると、楠姫は意味深に口の端を僅かに吊り上げる。

「――此方《こなた》に、でございますか。左様でしたら、場所を変えましょう」

箒を片手に歩き出す楠姫。空洞淵もそれに続く。

てっきりまた昨日と同様に客間へ通されるのかと思ったが、楠姫が足を止めたのは、境内の鐘楼の前だった。曲線的で重厚感のある瓦《かわら》屋根の下には、緑青《ろくしょう》に覆われた大きな鐘が吊られている。建物の高さは十メートルほど。中々立派な鐘楼だ。

しかし、何故わざわざこのような場所で話をするのか、と空洞淵が疑問に思ったそのとき、

「――空洞淵様、失礼します」

と、楠姫は返事も待たずに空洞淵を抱きかかえると、そのまま高々と跳躍して鐘楼の屋根へと降り立った。

突然のことに目を白黒させる空洞淵を見て、悪戯《いたずら》っぽい表情を浮かべる楠姫。

「うふふ。空洞淵様、足下は滑りやすいのでお気を付けください」

空洞淵を屋根の上に立たせる楠姫。体勢を崩しても大丈夫なように、そっと手を握ってくる。

一瞬、強い直射日光に眩惑《げんわく》されるが、目を細めて視線を遠くへ向ける。

「——おお」

その先に広がっていた光景を一目見て、思わず感嘆を零す。

抜けるような群青色《ぐんじょういろ》の空の下、生い茂る緑の森に囲まれた極楽街の全景。

自分が毎日暮らしている街を、こうして一望したのは初めてだった。

美しく、そして活気の溢《あふ》れる街であることを改めて認識する。

この街を、そしてここで暮らす人々の生活を、空洞淵はずっと守っていたのだ。

誰かに認められるためにそれをやっていたわけではないけれども、自分の行動の先に、確かな人々の営みを初めて感じることができて、空洞淵の心は高揚した。

「よい場所でしょう?」自慢げに楠姫は言う。「ここは極楽街で最も高い場所になります。此方はここから街を眺めるのが大好きです。矮小《わいしょう》で、軟弱な人間たちが、己の弱さを自覚しながらも懸命に生きる姿を見ると……堪らなく愛おしく感じてしまいます」

その一言で、空洞淵は思い描いていた騒動の全貌《ぜんぼう》に確信を得る。

「——あなたは、〈三大神獣〉の一角として恐れられている白狐・楠姫ではないのですね」

楠姫は僅かに目を細める。確かな手応えを得て、空洞淵は続ける。

「楠姫さんだけは絶対に通さないはずの結界をあなたが通り抜けられるのであれば、そう考えるしかありません」

人を堪らなく愛おしいと感じていると言った楠姫。その言葉は、かつて〈幽世〉で暴れ回っていた白狐・楠姫のものとは明らかに一線を画するものだ。

〈幽世〉へ来る以前に、何万、下手をしたら何百万人もの人々に不幸を振り撒《ま》いた残虐な怪異である楠姫は、さらに〈幽世〉へやって来てから、二百年もの長い間無理矢理寺に封じられてきたのだ。恨みこそすれ、人を愛する道理などない。

もちろん、寺に封じられた二百年の間で改心して心を入れ替えた可能性はゼロではないけれども、常識的に考えたらそもそも残虐な白狐とは別の怪異であるとするほうが自然だ。

楠姫は妖艶に、そしてどこか楽しげに首を傾げた。

「そもそも空洞淵様は、此方が寺の外へ出ることができるというのを前提にお話を進めておられませんか？　何故そのようなお考えに？」

「だって、近頃街の娘たちの前に姿を現している白い狐の正体はあなたでしょう？」

「――――」

単刀直入な追及。楠姫は、目を細めて空洞淵を見る。それは肉食動物が獲物を見定める仕草に似ていて、本能的な危機感を抱かせる。

「——ならばそも、此方は何者なのでしょう？」

本質的な問い。

まさにそれこそが、今回の騒動の重要な鍵《かぎ》だ。

空洞淵は微《かす》かな緊張を覚えながら、それを告げる。

「おそらくあなたは、楠姫さんの娘ですね？　そして本当の楠姫さんは……あちらです」

鐘楼の上から、境内の隅を示す。その先には、例の殺生石が静かに鎮座していた。

「つまり、楠姫はとうにこの世を去っており、楠姫の娘として密《ひそ》かに生を受けていたあなたは、彼女の死後、楠姫に成り変わることで、まるでずっと昔から寺に住んでいるかのように生活を続けていたのです」

親子であれば顔立ちが似ていても不思議ではないし、よしんば全く違っていたとしても妖狐《ようこ》なら同じ姿に化けることも容易であろう。

つまり、成り変わることに一切の障害はない。

仮説の真偽を問うように、空洞淵は白髪の女性を見つめる。

まるで睨みつけるように目を細めていた妖狐だったが、すぐにふっと相好を崩した。

「――今さら、シラを切る必要もありませんか」

「では……やはり？」

「ええ。まさしく此方は、神獣・白狐楠姫の娘であり、そして昨今街を騒がせている狐の正体でもあります」

　あっさりと自白する。それからまた試すように空洞淵を見る。

「此方は、真名《まな》をもう忘れてしまいました。ですから、これまでと同じようにどうか母の名である楠姫と、そう呼んでいただけると嬉しく思います」

　彼女がそれを望むのであれば、空洞淵としても断る理由はない。頷くと女性――楠姫は華やいだように表情を明るくした。

「もしよろしければ、空洞淵様のお考えをお聞かせいただけませんか。斯様《かよう》な経験は、百年ほど生きた此方でも初めてのことでございますゆえ」

　確かに、怪異が人間に問い詰められることなどあまりないだろう。空洞淵は提案に乗る。

「では、事実と違う部分があれば、遠慮なくおっしゃってください。今回の騒動で僕が一番気になっていたことは、やはり白い狐の目的です。結婚を控え、体調を崩した娘たちの前に現れ、娘たちに舞を舞わせることにどのような意味があったのか。どうしてもその理由がわからなかったのですが……先ほどようやくその理由がわかりました。あなたは、娘たちの不安を解消してやるために舞を舞わせていたのですね」

楠姫は何も答えない。ただ、興味深そうに空洞淵の話を聞いている。

「これまで寝ながら舞を舞った娘たちは、皆、意中の相手と結ばれてとても幸せそうでした。これが望まぬ結婚であったのであれば、娘たちが自らの未来に不安を覚えて体調を崩すのも頷けるのに、とずっと頭を悩ませていたのですが……それは酷《ひど》い誤解でした。たとえそれが望んだ婚礼であったとしても、新しい一歩を踏み出す結婚という行為に不安を覚えない娘などどこにもいなかった。つまり、今回の騒動でまず娘たちが体調を崩していたのは、不思議なことでも何でもなかったのです」

ただでさえ梅雨の時期は体調を崩しやすい上に、奇《く》しくも街の外では〈狐の嫁入り〉などという不穏な現象も観測されていた。それを凶兆と捉え、自らの結婚と重ね合わせて不安を増大させてしまったことも、想像力の豊かな年頃の娘たちであれば、至極当然の結果であると言える。

「何故あなたが、街の娘たちがそのような状況にあることを知ったのかはわかりません。しかし、あなたはその窮状を知り、娘たちの助けになりたいと思った。そこで、一計を案じたのです」

話は核心へと迫っていく。楠姫は何も言わない。

「あなたは、家人が寝静まった夜遅くに娘たちの部屋へ忍び込み、舞を舞って見せました。美しい白毛の狐が現れ、突如美女に変わって見事な舞を舞って見せたのですから……それは鮮烈な印象として記憶に刻み込まれたはずです」

「まあ……美女だなんて、空洞淵様は口がお上手ですね」

上機嫌に、冗談めかして楠姫は茶化す。空洞淵は聞き流して淡々と続ける。

「夢とも現《うつつ》ともわからない光景に、娘たちは皆、抱えていた不安も忘れて心を奪われたことでしょう。そして、そのときの感動を再現するように、夜寝ながらにして舞を舞い始めた。ここで重要なのは、〈白狐の舞〉には五穀豊穣のほか、縁結びなどの様々な願いが懸けられているということです。人々の願いは、やがて感染怪異となり、願いを成就させる緩い御利益《ごりやく》を持ち始めます。つまりあなたは、娘たちに〈白狐の舞〉を舞わせることで、その御利益により娘たちを救おうとしていたのです」

寝ながらにして舞を舞う、という不可解な状況に家族たちを含めて皆困惑しきりだったが、実際には〈白狐の舞〉の御利益によって、結婚に対する不安は少しずつでも解消されていたのだ。もちろん、本職の巫女でもない普通の娘たちが〈白狐の舞〉を見様見真似で舞ったところで、大した御利益は得られないだろうけれども……それでも確かに効果はあったのだろうと思う。空洞淵の薬が思いのほか早く効いたのも、きっとそのためだ。

空洞淵の薬はあくまでも切っ掛けの一つに過ぎない。不安で眠れない夜を耐えていた娘たちを救ったのは、紛れもなく楠姫の慈愛だ。

「——その結論に至ったとき、ようやくわかったんです。昨日、あなたがおっしゃっていた言葉……人間を愛しているという言葉は、心の奥底からの本音だったのだと。そしてそれが本音だったのであれば、あなたは人々から恐れられた神獣・白狐楠姫ではない別の存在なのではないかと」

そう考えると、今回の騒動のあらゆる謎が消失する。

だが、それと同時に新たな謎も生まれてしまう。

「ならば、あなたはいったい何者なのか。変化できる怪異であれば、狸《たぬき》でも猫でも何でも先代楠姫に成り変わることが可能ですが……。あなたが先代に匹敵する強い力を持っているのは事実ですから、やはり娘と考えるのが一番自然と思いました。先代楠姫は、寺の結界の中で身籠《みご》もり、あなたを産んだ。あなたは外部からやってきたわけではなく、初めからこの極楽街の中で生まれていたので、極楽街を縄張りにする他の怪異にも存在を知られることがなかった」

人々を恐怖に陥《おとしい》れた偉大な怪異はもうおらず、代わりに現れたのは、ただ人間を愛する優しい妖狐だった——。

「——なるほど。聞きしに勝る天眼通《てんげんつう》……感服いたしました」

楠姫は、満足したように一度目を閉じ、その後改めて空洞淵を見つめた。

「空洞淵様ならば、いずれ噂《うわさ》を聞きつけて娘たちに適切な治療を施してくださると思っておりました。此方の舞など、その繋《つな》ぎです。娘たちをお救いくださいまして、本当にありがとうございます」

優しく微笑む楠姫。その表情はとても穏やかで、満足そうだ。空洞淵は妖狐に尋ねる。

「こんなことを伺うのは失礼かもしれませんが……どうしてそこまでして、見知らぬ他人のために動くことができるのですか？」

楠姫からすれば、人間など取るに足らない存在であるに違いない。なのにどうして、今回の騒動を起こしたのか——。

率直な疑問だったが、それこそ取るに足らないこと、とでも言いたげに、楠姫は答える。

「――此方は、百年ほどまえ、この寺の中で生まれました。母と、当時の和尚《おしよう》様は、此方が生まれたことを世間から隠すことにしたようです。理由はわかりませんが……おそらく母を凌ぐ強大な力を持って生まれてきた此方が、新たな〈幽世〉の火種になることを恐れたのでしょう。此方は、本堂の奥、普段修行者すら足を踏み入れない隠し部屋に幽閉されることになりました」

生まれてまもなく、人目を避けるように幽閉された白狐の娘……。何と言う過酷な運命か。

「母は人間を憎んでいましたが、此方のことは愛してくれました。きっと生涯で唯一《ゆいいつ》愛した方との子どもだったので、大切にしてくれたのでしょう。母は、此方に舞を授けてくれました。白狐の舞は、人を虜にして自在に操る武器だから、常にその腕を磨いておけといつも教えられていました。母はこれまで、その舞でたくさんの方に不幸を振り撒いてきたようですが……幼い此方には、よくわかりませんでした。娘の此方が見てもため息が出るほど美しい舞で、何故不幸を振り撒かなければならないのか。どうせなら誰かに喜んでもらうために舞えばよいのにと、ずっと心の中で思っていました」

目を細め、懐《なつ》かしむように回顧する楠姫。

「そんな生活がしばらく続いて……今から五十年ほどまえ、母は突然亡《な》くなりました。亡くなった、という表現が真に正しいのかはわかりかねますが……空洞淵様が先ほどおっしゃったように、境内の隅の殺生石となったのです。その頃はすでに和尚様も代替わりをしていましたが、此方の存在は代々和尚様にのみ密かに伝えられておりました。そして此方は、和尚様の命《めい》によりそのときから母に成り代わって生きてゆくことになりました」

「それはやはり……〈幽世〉の不要な混乱を避けるために？」

〈三大神獣〉の一角が落ちたともなれば、〈幽世〉の力の均衡が崩れてまた火種になりかねない。それを防ぐために、娘が母に成り代わるというのは非常に納得の行く結論だ。

楠姫は神妙に頷いた。

「まさに。もちろん、〈国生みの賢者〉様や、〈破鬼の巫女《みこ》〉様にはすぐに見抜かれてしまいましたが……事を大きくしないためにも、この件は内密にしていただけることになりました。そして此方はそこでようやく、自由の身となったわけです」

やはり金糸雀や綺翠を含めた歴代の破鬼の巫女たちは、今の楠姫が娘であることを知っていたのか。

「母を閉じ込めていた結界も、此方には何の影響もありませんでしたので、寺を抜けだそうと思えばいつでも抜け出せたのですが……。急に此方が寺から姿を消せば、また不要な混乱を招くと思い、大人しく言われるまま母の振りを続けました。此方は、人々が安心して平和に暮らせれば、それだけで十分に幸せでしたから」

穏やかにそう言う楠姫だが、空洞淵にはそこがよくわからない。

「でも、先代は人間を憎んでいたのですよね？　それなのにどうしてあなたはそれほどまでに人間に対して好意的なのですか？　母を寺に閉じ込めた人間たちに復讐心《ふくしゅうしん》を抱いてもおかしくないはずなのに……」

「母と人がどのような関係であったとしても、それは母の問題であって此方には関係がありませんよ。此方はただ、幼少のときから人に憧《あこが》れと愛着を持っていただけです」

涼しげな顔で答えて、楠姫は眼下の町並みを愛おしげに眺める。

「此方は母に似て悪戯好きだったので、時折誰にも見られないよう夜に本堂を抜け出して、この鐘楼に上りました。いつもここから、此方は一人で夜の街を眺めていました。本来ならば闇に怯《おび》え寝静まっているはずの夜中でも、極楽街の一部は明るく賑《にぎ》わっており、人々の楽しげな笑い声がここまで届いてくるようです」

確かに、怪しげな怪異が彷徨《うろつ》いているという不穏な状況でもなければ、極楽街の目抜き通りは夜中でも提灯に照らされ、多くの人で賑わっている。

「人間は不思議です。矮小で、軟弱で、低俗で、滑稽《こっけい》で、些末《さまつ》な存在であるのに……楽しそうに生きています。それが此方にはとても眩《まぶ》しく、愛おしく思えてしまうのです。いつか此方も、あの輪の中に入り、共に笑い合いたいという憧憬《しょうけい》を抱くほどに」

そこで楠姫は改めて空洞淵を見た。

「そんなふうに思いながら、それでも寺から出ることなく母の振りを続けていたのですが……。今から二十年と少しまえ、いつものようにこの鐘楼から街を眺めていた此方の元へ、一人の少女がやって来ました」

過去を懐かしむように、楠姫は目を細める。

「夜分遅くに、年若い女子《おなご》が斯様《かよう》な古寺に顔を出すなどただ事ではありません。此方にとっては初めて会う寺の外の人間で、正直恐ろしくも思いましたが、放っておくこともできずに勇気を出して声を掛けました。すると少女は、むしゃくしゃしたから気分転換に妖怪退治に来たなどと言い出したのです。寝耳に水の話で、此方はもうとにかく驚いてしまって」

「妖怪退治……それはつまり、祓い屋だったということですか？」

「そのようですね。代々の家業なのだと言っていました」楠姫はおかしそうに続ける。「此方としても、そんな理不尽な理由で祓われてしまっては浮かばれませんので、とにかく先方の事情を伺うことにしました。すると少女は、祝言《しゅうげん》を控えているものの今後伴侶となる方とどう接していけばよいのかわからなくなってしまい、苛々を募らせているようでした。伴侶となる方は幼馴染みで、小さい頃からずっと大好きであったそうです。素敵なお話ではありませんか。ですから此方は、浅い経験の中から必死に言葉を絞り出して、家柄や自らの使命などは一旦脇に置き、まずは一人の人間として向き合ってみては如何《いかが》でしょう、と助言をいたしました。相手を想う気持ちさえあれば、それだけで大抵の問題は解決できると考えたためです。少女は『そんな簡単にいったら苦労しないわよ』、と不平を零《こぼ》しながらも、その場は大人しく引き下がりました」

祓い屋ならば、楠姫が強大な力を持った怪異であることが一目見てわかったはず。にもかかわらず随分と強気な態度で接しているようにも見受けられるので、よほど胆力があるのだなと感心してしまう。まるで空洞淵のよく知る誰かのようだ。

「それからしばらく経った頃、また例の少女が此方の前に現れました。どうやら無事に妻夫《めおと》となり、伴侶の方ともこれまでどおり仲よくできているようで、そのお礼に来たというのです。此方は大したことをしたつもりもなかったのですが、とにかく少女の幸せを我が事のように喜びました。そしてそのときに気づいたのです。此方は、本当に人が好きなのだと」

遠くからただ見つめることしかできなかった街の人と初めて心を交わしたことで、自分の気持ちに確信を得たのか。

「ちなみにその少女の正体は、御巫神社の〈破鬼の巫女〉です。つまり、今の巫女様のお母様ですね」

「…………」

道理で少女に妙な既知感があるわけだ。どうやら綺翠は母親似らしい。

「ともあれそれ以来、人の役に立つことを夢見て日々を送ってきたのですが……如何せんここは街の人も寄りつかない古寺です。此方が役に立てることなど、修行者の皆様のお世話くらいでした。そのことに不満はありませんでしたが、正直物足りなさは感じていました。本来であれば、寺を抜け出して自らの足を使い困っている方を探すべきなのでしょうが、此方の身の上ではそう勝手なこともできません。そのようなわけで、人の役に立ちたいという思いだけを胸に変わらぬ毎日を過ごしてきたのですが……」

　そこで楠姫は、話が核心に差し掛かったように姿勢を改めた。

「つい先日、北のほうで山際《やまぎわ》が赤く染まる〈狐の嫁入り〉が見られたことに端を発して、街の祝言を控えた若い娘たちが体調を崩してしまっているという噂を、たまたま耳にしたのです。狐に関する怪異で、罪もない娘たちが不幸になっているのを黙って見過ごすことなど此方にはできません。いつかの少女のときのように、結婚を控えた娘たちの力になりたいと強く思い、ほとんど衝動的に寺を飛び出しました。そして〈白狐の舞〉には様々な御利益があることを知っていましたので――体調を崩した娘たちの家を回り、舞を見せることにしたのです。少しでも、娘たちを元気づけられるように、と強く願って」

　人を誑《たぶら》かすために舞を舞っていた母に対し、その娘は人を癒やすために舞を舞っていた。

　何と言う、数奇な巡り合わせだろうか。

「それに此方が動くことで騒ぎが大きくなれば、いずれ近頃街でも評判の薬師の先生――つまり空洞淵様のお耳にも入り、娘たちに適切な治療を授けてくださるであろうという打算もございました。祝言を控えた家では、娘の体調不良一つにも敏感になります。下手に騒ぎ立てて、破談にでもなってしまったら大変ですからね。ただ寝込んでいるくらいであれば当然様子見になるでしょうが……そのために治療が遅れてしまう恐れもあります。しかし、さすがに狐憑《きつねつ》きの疑いアリともなれば、慌てて薬師の先生に泣きつくはずと、そう踏んでいたのですが……どうやら諸々上手くいったようでございますね」

楠姫は白いひなげしのように柔らかく微笑む。

「――あとはすべて、空洞淵様のお見立てどおりです。お見それいたしました」

空洞淵は自分の仮説の正しさが立証されて胸をなで下ろすが、それでもまだわからないことがあった。

「言い知れぬ不安感から体調を崩した娘たちに夢遊病――つまり、寝ながらにして舞を舞わせるという発想はどこから来たのですか？」

「以前、燈《あかり》先生から聞いたことがありました。燈先生は時折寺にも顔を出してくださっていたので、色々教えていただいていたのです。燈先生は、人は寝ながらにして舞を舞うことがあるとおっしゃっていました。そしてそれは、年若い人ほど起こりやすいとも。今回の騒動を起こしたのも、元々はそれを思い出したからです」

燈先生――姿を眩《くら》ませた伽藍堂の店主。

まだ会ったこともないその人は、かなり医術に精通しているようだけれども……。

この医療が途絶えて久しい〈幽世〉において、如何にして医術を修得したのだろうか。あるいは、彼女もまた空洞淵と同じ〈現世《うつしよ》〉からやって来た人なのか……。

考えたところで答えの出る問いではなかったけれども、どうにも気になって仕方がない。

「――空洞淵様？　どうかなさいました？」

不思議そうに顔を覗き込んでくる楠姫。空洞淵は余計な思考を一旦《いったん》保留にする。

「……すみません、少し考えごとをしていました。でも、おかげさまで今回の騒動についてはすっきりしました」

「そうですか、それは何より」満足そうに言ってから、楠姫は続ける。「此方からも一つだけ質問があるのですが、よろしいですか？」

「何でしょう？」

空洞淵は姿勢を正す。

「空洞淵様のお考えはとても見事だったのですが……。しかし、そもそものお考えの前提として、街に現れる白い狐の正体が此方である、ということを半ば確信しているようにも見受けられたのですが……それはいったいどういうことなのでしょう？」

鋭い指摘。

そう、空洞淵が今語った推理はすべて、白い狐の正体が楠姫である、という前提に立脚しているのだ。その根底部分についても説明する必要がある。

と言っても、すべては金糸雀と薊からもらった重要な情報からの推測でしかない。特に薊の、

「ええ。私が知っている女狐の匂いと、微妙に異なるのです。かれこれもう百年ほど顔を合わせていませんから、その間に匂いが変わったのかもしれませんが……。とにかく、そのような理由により楠姫の匂いであると断定できないのです。別人の可能性も十分に考えられます」

という言葉は、大変示唆《しさ》に富んでいた。ある意味今回の騒動の本質を表していたとも言えるほどだ。

空洞淵は、不思議そうに小首を傾《かし》げている楠姫に、〈大鵠庵〉での出来事を簡単に語る。

空洞淵の種明かしに、楠姫は肩透かしを喰らったような顔をするかと思ったが、意外なほど真剣な表情で質問を重ねてきた。

「……ちなみに、その此方の匂いを嗅《か》ぎ分けたのは何者ですか？」

「薊ですよ。金糸雀の従者をやっている」

そんな空洞淵の答えに。

楠姫はこれまでに見たことがない表情を浮かべる。

それはまるで、恋をした年頃の少女のような甘いはにかみで。

不覚にも空洞淵は見蕩《みと》れてしまった。

「——そう、でしたか」万感の想《おも》いを込めるように楠姫は呟いた。「なるほど、あの方がそうおっしゃっていたのですね。ならば……致し方ありません」

「……あの、失礼ですが、薊のことをご存じなのですか？　ずっと寺にいたあなたとは接点がなかったように思うのですが」

気になって尋ねてみると、楠姫は澄まし顔で答えた。

「——まさしく。会ったこともありません。本当に一度も、ね」

9

その晩。いつものように家族三人で夕食を囲む中、空洞淵は事の顚末《てんまつ》を綺翠と穂澄に語った。

「杏子ちゃんたちが元気になってよかったよ！　お兄ちゃん、本当にありがとう！」

友人の無事を我が事のように喜ぶ穂澄だったが、対して綺翠は素っ気ない。

「……まあ、そんなところだろうとは思っていたけれども。女の子たちのためとはいえ……少々やり過ぎたみたいね。私からもよく言っておくから、空洞淵くんも許してあげてね」

どうにもその口ぶりは、この結末を予想していたようにも思える。

「ひょっとして、全部わかってたの？」

「もしかしたら、くらいだけどね」綺翠は冷酒を呷《あお》り、色っぽい吐息を零《こぼ》す。「白い狐と聞いたときから怪しいとは思っていたけれども……。まあ、先代と違ってあの子は優しいみたいだから、悪意はないと思っていたのよ。和尚様からも、いずれこっそり寺を抜け出すこともあるかもしれないから、そのときはよろしくと伝えられていたし」

どうやら釈迦堂のお師匠様も初めからすべてお見通しだったらしい。ならばこの一件で彼が叱《しか》られる要因など一つもなかったことになり、何とも気の毒な取り越し苦労だと同情してしまう。

「それに狐の代替わりの件は、世間には伏せられていたから、空洞淵くんに伝えるのも少し様子見をしてしまったの。面倒事に巻き込んでしまってごめんなさい」

なるほど。黙っていてもいずれ空洞淵は真実に辿り着くと見越していたわけか。

元を正せば、空洞淵や釈迦堂が乙女心をよく理解していなかったために解決が遅れてしまったわけで……その信頼にちゃんと応えられたかどうかは怪しい。

ちなみに釈迦堂は、昼間伽藍堂を訪ねてきたので、そのときに騒動は無事に解決したし、この件でお師匠様から怒られることはないから安心してほしい、と言っておいた。

楠姫に口止めされていたので詳細は話せなかったが、釈迦堂はそれこそ狐につままれたような顔をしたものの、空洞淵が陰で何らかの働きをしたのだろうと察したようで、恩に着ます、と言って上機嫌に帰っていった。

ひとまずこれで一件落着というところか。

「――ただ、今回の騒動で一つだけわからないことがあるのだけど」

綺翠は箸《はし》を置いて改めて空洞淵を見る。

「結局、〈狐の嫁入り〉は何だったのかしら？」

そう。今回の騒動の大元は、まさしく北のほうで発生したという〈狐の嫁入り〉だ。

夜間に、まるで狐の嫁入り行列の篝火《かがりび》のように、山際が赤く光ったこと。

それが何らかの怪異や山火事でなかったのだとしたら、可能性は一つしかない。

「たぶんオーロラだと思う」

「おーろら？」

不思議そうに首を傾げる穂澄。綺翠も初めて聞く言葉のように空洞淵をじっと見つめている。

「オーロラというのは、大気の発光現象だよ。極光とも呼ばれる自然現象でね。発生する原因は複雑で、実はまだよくわかっていない部分も多いから説明は省くけど……。たぶん今回は、山の向こう側の空が赤く光っていて、それを山の手前から見たとき山際が赤く燃えているように見えたんだと思う」

一般的にオーロラは、北極圏や南極圏などの高緯度地域でしか観察できないと思われがちだが、稀《まれ》に日本のような中緯度地域、あるいは赤道付近でも見られることがある。

そして高緯度地域では鮮やかで美しいオーロラも、緯度が下がるにつれて色は赤へと変わっていく。夜間に空が突然赤く光るものだから、山火事と誤認されることも多い。

それゆえに日本では古来、赤気《せっき》とも呼ばれ、複数の文献に登場している。有名なところでは、藤原定家の『明月記』にも記載がある。

〈幽世〉は、三百年まえの江戸を参考にして作られたので、ここでオーロラが見られるとしたらやはり赤く光るはずだ。

またオーロラは遥か上空で発生するため、観測するには快晴であることが必須の条件となる。星導の話では、〈狐の嫁入り〉が確認されたのは梅雨の切れ間の雲一つなく晴れ渡った日ということなので、条件的にも一致する。

「……自然現象だとしても、急に空が赤く光ったらやっぱり不気味だよね」

恐ろしいものでも見たように、穂澄は二の腕を擦《こす》る。

人間にとって赤は血の色だ。血は死を連想する。

それゆえに本能的な忌避感から、赤いオーロラに不吉な印象を抱いてしまうのも仕方がないことと言える。凶兆と見なされるのも当然だ。

空洞淵は、安心させるために、大丈夫、と穏やかに告げる。

「どれだけ不気味であっても、自然現象なんだから気にすることはないよ。それに、赤は不吉な印象があるけど、それ以上におめでたい印象も強いよね。きみたちの巫女装束だって緋袴《ひばかま》だし、何かいいことがあると赤飯を炊《た》くでしょう？　子どもが生まれたら赤ちゃんなんて呼ぶし、僕はむしろ赤は好きな色だな」

すると、赤飯という言葉に反応したように穂澄は表情を輝かせた。

「確かに赤いものって美味《おい》しいものばかりだよね！　林檎《りんご》に苺《いちご》に西瓜《すいか》――うう、よだれ出てきちゃった……！」

口元を指で拭《ぬぐ》って、穂澄は晴れ晴れと笑う。

「ありがとう！　お兄ちゃんのおかげであまり怖くなくなったよ！」

可愛い妹の恐怖心が去ったのであれば、空洞淵としても嬉しい限りだ。

「いずれにせよ、大事にならなくてよかったわ」

食事を再開した綺翠は、普段よりも声を和らげて言った。

「金糸雀が〈千里眼〉を失ったときは、これから〈幽世〉にも混乱が広がっていくのではないかと危惧《きぐ》していたけど……意外と私たちだけでも対応できそうね」

空洞淵は一瞬だけ考えて、そうだね、と同意を示す。

それから何事もなかったように、自分も食事を再開するが――。

ただ、赤という単語からまた別のものを連想して、少し考え込んでしまう。

赤――燈。

偶然とは思うが、最近頓《とみ》に燈先生の名を耳にする機会が多い。

元々この街で医療に携わっていたのだから、顔が広いのも当然であり、顔が広ければそれだけ話題に上りやすいのも当たり前なのだけれども……それでもいくつか気になることがある。

たとえば、先日旅の陰陽師《おんみようじ》、星導篝《ほしるべかがり》と話をしたときのことだ。

話を続ける中で燈先生の話題になったけれども……そのとき彼はこんなことを口走った。

——ほうづき、あかり先生ですか。それはまた意味深な名前の女性ですね。

改めて考えてみれば、これは少し気になる。

そもそも何故《なぜ》、燈先生が女性だとわかったのだろう？

空洞淵は燈先生の性別には言及していない。そもそも空洞淵も、たまたま事前に話を聞いていたから燈先生が女性であることを知っていただけで、名前を聞いただけでは判断が難しかったと思う。

確かに『あかり』という名前は女性に多い印象があるけれども、男性という可能性も十分にありうるので、あの場で断定してしまうのは奇妙と言えば奇妙だ。特にこの世界は〈現世〉とは異なる傾向の珍しい名前が多いので、単純に名前を聞いただけで性別を判断するのは難しいはずだ。空洞淵に至っては〈現世〉生まれのはずなのに、『霧瑚』という性別のわかりにくい珍妙な名前である。

もちろん、特に深く考えずに直感的にそう言ってしまっただけということもあるのだろうけれども……あれだけ名前というものに拘《こだわ》っていた星導の言とするとやはりどうしても気になってしまう。

まさか星導は燈先生のことを知っていいいいいいいいいながら、知らない振りをしていいいいいた……？

半ば言い掛かりのような思いつきだが、空洞淵は背筋が寒くなった。

自分の知らないところで、また何か、大きなものが動き出そうとしている——。

「——ねえ、綺翠」

空洞淵は知らず相棒に声を掛けていた。

「もしこの〈幽世〉で、また大きな陰謀が動き始めてるとしたら……どうする？」

意外なことを言われたというふうに一度目を丸くしてから、綺翠はあくまでも自然体で答える。

「どうもこうもないわ。それがこの世界に住む多くの人の平穏な日常を脅《おびや》かすものであったなら、容赦なくその陰謀を霊刀で切り裂くまでのこと。これまでと、何も変わらないわ。金糸雀の〈千里眼〉がなくなってしまったから、どうしても後手に回ることにはなるけれども……大きな影響はないと思うわ。これは楽観ではなく、一つの確信なのだけど……どうしてそう思うかわかる？」

逆に問われるが、わからなかったので空洞淵は首を振る。

すると綺翠は珍しく戯《おど》けたように、左手の人差し指で空洞淵の額につんと触れる。

「あなたがいるからよ、空洞淵くん」

「……僕？」

意味がわからず惚けた顔をしてしまう。綺翠はええ、と眩しげに空洞淵を見つめる。

「あなたの優れた知性は、金糸雀の〈千里眼〉にも匹敵する特別な力よ。だから……私は何も心配していない。慎重なのはあなたのいいところではあるのだけれども、もっと大らかに、それこそ大船に乗ったつもりでどっしりと構えたらいいと思うわ。だって、あなたの隣には私がいるのだから」

自信に満ちた綺翠の顔つき。

その言葉に、気負いや迷いは一切見られない。

綺翠にとっては、ただ純粋に客観的な事実を述べているだけなのだろう。

そんな相棒を見ていたら、いつしか胸の奥底で靄《もや》のように立ち込めていた不安が霧散していた。

この世界で、綺翠と暮らしていくことに決めていたはずなのに、どうやらまだ十分な覚悟ができていなかった。綺翠のほうがずっとずっと肝が据わっている。

ここは何が起こるかわからない異世界――〈幽世〉なのだ。

一々これから何が起こるのだろう、なんて余計な心配をしていては身が持たない。だから、綺翠のように泰然自若に構え、そのうえで慢心することなく日々精進を怠らずに生きていけばいい。

それでもどうにもならない問題に直面したならば——またそのときに考えよう。

杞憂《きゆう》を飲み下すように、空洞淵は杯に残っていた酒を一気に呷る。

「——綺翠」

「なあに？」

「頼りにしてるよ」

相棒の巫女は、とても嬉《うれ》しそうに、うん、とはにかむ。

それは滅多に見ることができない、大好きな綺翠の表情だった。

無意識に額に触れる。

空洞淵を勇気づけるように、先ほど触れられた甘い感触がまだ残っていた。

参考文献

『傷寒雑病論』小曽戸丈夫編　谷口書店
『神道　古神道　大祓祝詞全集』神道・古神道研究会著　弘道出版
『金匱要略講話』大塚敬節主講：日本漢方医学研究所編　創元社

本書は新潮文庫のために書き下ろされた。

紺野天龍著

幽世《かくりよ》の薬剤師

薬剤師・空洞淵《うろぶち》霧瑚《きりこ》はある日、「幽世」に迷いこむ。そこでは謎の病が蔓延しており……。現役薬剤師が描く異世界×医療ミステリー！

紺野天龍著

幽世《かくりよ》の薬剤師2

薬師・空洞淵霧瑚は「神の子が宿る」伝承がある村から助けを求められ……。現役薬剤師が描く異世界×医療ミステリー、第2弾。

紺野天龍著

幽世《かくりよ》の薬剤師3

悪魔祓い。錬金術師。異界に迷い込んだ薬師・空洞淵は様々な異能と出会う……。現役薬剤師が描く異世界×医療ミステリー第3弾。

紺野天龍著

幽世《かくりよ》の薬剤師4

昏睡に陥った患者を救うため診療に赴いた空洞淵霧瑚は、深夜に「死神」と出会う。巫女・綺翠にそっくりの彼女の正体は……？

紺野天龍著

幽世《かくりよ》の薬剤師5

「不老不死」一家の「死」。薬師・空洞淵は「人魚」伝承を調べるが……。現役薬剤師が描く異世界×医療×ファンタジー、第5弾！

紺野天龍著

幽世《かくりよ》の薬剤師6

感染怪異「幽世の薬師」となった空洞淵は金糸雀を救う薬を処方するが……。現役薬剤師が描く異世界×医療×ファンタジー、第1部完。

浅原ナオト著

今夜、もし僕が死ななければ

「死」が見える力を持った青年には、大切な誰かに訪れる未来も見えてしまう――。愛する人への想いに涙が止まらない、運命《いのち》の物語。

阿部和重・伊坂幸太郎著

キャプテンサンダーボルト 新装版

新型ウイルス「村上病」と戦時中に墜落したB29。二つの謎が交差するとき、怒濤の物語の幕が上がる！ 書下ろし短編収録の新装版。

伊与原 新著

青ノ果テ
―花巻農芸高校地学部の夏―

僕たちは本当のことなんて1ミリも知らなかった――。東京から来た謎の転校生との自転車旅。東北の風景に青春を描くロードノベル。

乾 くるみ著

物件探偵

格安、駅近など好条件でも実は危険が。事故物件のチェックでは見抜けない「謎」を不動産のプロが解明する物件ミステリー6話収録。

柞刈湯葉著

幽霊を信じない理系大学生、霊媒師のバイトをする

理系大学生・豊は謎の霊媒師と出会い、奇妙な〝慰霊〟のアルバイトの日々が始まった。気鋭のSF作家による少し不思議な青春物語。

榎田ユウリ著

ここで死神から残念なお知らせです。

「あなた、もう死んでるんですけど」――自分の死に気づかない人間を、問答無用にあの世へと送る、前代未聞、死神お仕事小説！

王城夕紀著

青の数学

雪の日に出会った少女は、数学オリンピックを制した天才だった。数学に高校生活を賭す少年少女たちを描く、熱く切ない青春長編。

大塚已愛著

友喰い
―鬼食役人のあやかし退治帖―

富士の麓で治安を守る山廻役人。真の任務は山に棲むあやかしを退治すること！　人喰いと生贄の役人バディが暗躍する伝奇エンタメ。

大神晃著

天狗屋敷の殺人

遺産争い、棺から消えた遺体、天狗の毒矢。山奥の屋敷で巻き起こる謎に満ちた怪事件。物議を呼んだ新潮ミステリー大賞最終候補作。

緒乃ワサビ著

天才少女は重力場で踊る

未来からのメールのせいで、世界の存在が不安定に。解決する唯一の方法は不機嫌な少女と恋をすること?!　世界を揺るがす青春小説。

片岡翔著

ひとでちゃんに殺される

怪死事件の相次ぐ呪われた教室に謎の転校生「縦島ひとで」がやって来た。悪魔のように美しい彼女の正体は!?　学園サスペンスホラー。

加藤千恵著

マッチング！

30歳の彼氏ナシOL、琴実。妹にすすめられアプリをはじめてみたけれど――。あるあるが満載！　共感必至のマッチングアプリ小説。

賀十つばさ著
雑草姫のレストラン

タンポポのピッツァ、山ウドの天ぷら、よもぎのアイス……八ヶ岳の麓に暮らす姉妹の草花ごはんを召し上がれ。癒しのグルメ小説。

喜友名トト著
だってバズりたいじゃないですか

恋人の死は、意図せず「感動の実話」として映画化され、〝バズった〟……切なさとエモさが止められない、SNS時代の青春小説！

越谷オサム著
次の電車が来るまえに

故郷へ向かう新幹線。乗り合わせた人々から想起される父の記憶――。鉄道を背景にして心のつながりを描く人生のスケッチ、全5話。

河野　裕著
いなくなれ、群青

11月19日午前6時42分、僕は彼女に再会した。あるはずのない出会いが平坦な高校生活を一変させる。心を穿つ新時代の青春ミステリ。

河野　裕著
さよならの言い方なんて知らない。

あなたは架見崎の住民になる権利を得ました。一通の奇妙な手紙から始まる、死と隣り合わせの青春劇。「架見崎」シリーズ、開幕。

五条紀夫著
クローズドサスペンスヘブン

俺は、殺された――なのに、ここはどこだ？天国屋敷に辿りついた6人の殺人被害者たち。「全員もう死んでる」特殊設定ミステリ爆誕。

武田綾乃著
君と漕ぐ
—ながとろ高校カヌー部—

初心者の舞奈、体格と実力を備えた恵梨香、上位を目指す希衣、掛け持ちの千帆。カヌー部女子の奮闘を爽やかに描く青春部活小説。

月原　渉著
九龍城の殺人

「男子禁制」の魔窟で起きた禍々しき密室連続殺人——。全身刺青の女が君臨する妖しい城で、不可解な死体が発見される——。

七月隆文著
ケーキ王子の名推理《スペシャリテ》

ドSのパティシエ男子&ケーキ大好き失恋女子が、他人の恋やトラブルもお菓子の知識で鮮やか解決！　胸きゅん青春スペシャリテ。

早坂　吝著
探偵ＡＩのリアル・ディープラーニング

天才研究者が密室で怪死した。「探偵」と「犯人」、対をなすＡＩ少女を遺して。現代のホームズVS.モリアーティ、本格推理バトル勃発!!

萩原麻里著
呪殺島の殺人

目の前に遺体、手にはナイフ。犯人は、僕？——陸の孤島となった屋敷で始まる殺人劇。呪術師一族最後の末裔が、密室の謎に挑む！

堀川アサコ著
悪い麗人
—帝都マユズミ探偵研究所—

殺人を記録した活動写真の噂、華族の子息と美少年の男色スキャンダル……伯爵探偵と成金助手が挑む、デカダンス薫る帝都の事件簿。

堀内公太郎著
スクールカースト殺人教室
女王の下僕だった教師の死。保健室に届く密告の手紙。クラスの最底辺から悪魔誕生。もう誰も信じられない学園バトルロワイヤル！

町田そのこ著
コンビニ兄弟
—テンダネス門司港こがね村店—
魔性のフェロモンを持つ名物コンビニ店長（と兄）の元には、今日も悩みを抱えた人たちがやってくる。心温まるお仕事小説登場。

宮部みゆき著
小暮写眞館（I～Ⅳ）
築三十三年の古びた写真館に住むことになった高校生、花菱英一。写真に秘められた物語を解き明かす、心温まる現代ミステリー。

三川みり著
龍ノ国幻想1
神欺く皇子
皇位を目指す皇子は、実は女！ 一方、その身を偽り生き抜く者たち——命懸けの「嘘」で建国に挑む、男女逆転宮廷ファンタジー。

森晶麿著
チーズ屋マージュの
とろける推理
東京、神楽坂のチーズ料理専門店。お客の悩みを最高の一皿で解決します。イケメンシェフとワケアリ店員の極上のグルメミステリ。

吉川トリコ著
マリー・
アントワネットの日記
（Rose/Bleu）
男ウケ？ モテ？ 何それ美味しいの？ 時代も国も身分も違う彼女に、共感が止まらない！ 世界中から嫌われた王妃の真実の声。

イラスト　こより
デザイン　川谷康久（川谷デザイン）

狐《きつね》の嫁《よめ》入《い》り　幽世《かくりよ》の薬剤師《やくざいし》

新潮文庫　こ－74－7

令和六年九月一日発行

著者　紺《こん》野《の》天《てん》龍《りゅう》
発行者　佐藤隆信
発行所　株式会社新潮社
郵便番号　一六二—八七一一
東京都新宿区矢来町七一
電話　編集部(〇三)三二六六—五四四〇
読者係(〇三)三二六六—五一一一
https://www.shinchosha.co.jp
価格はカバーに表示してあります。
乱丁・落丁本は、ご面倒ですが小社読者係宛ご送付ください。送料小社負担にてお取替えいたします。

印刷・錦明印刷株式会社　製本・錦明印刷株式会社

ISBN978-4-10-180290-9 C0193